KB096376

비밀동아리 컨트롤제트

비밀동아리 컨트롤제트

Ctrl+Z; 되돌리기

임하곤 장편소설

이지북
EZbook

차례

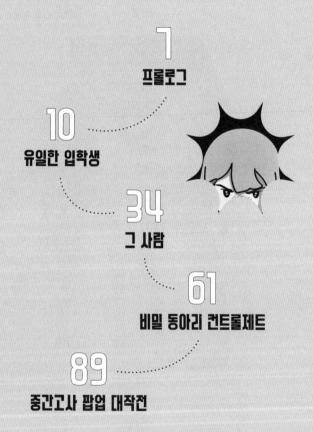

프롤로그

생명체가 자라나는 데는 무지막지한 에너지가 필요하다고 한다. 그래서 성장기의 아이는 제 몸집보다 훨씬 많은 양의 음식을 먹고, 겨울날에도 추운 줄 모르고 뛰어다니며, 밤잠 설치는 일 없이 해가 저물면 기절하듯 곯아떨어지고는 한다.

만약 이 에너지를 모두 두뇌를 회전시키는 데 끌어다 쓰면 어떨까? 현대 사회는 물리적인 힘보다 지적인 힘이 중요한 시대니까. 어차피 수능 전까지 제대로 된 인생도 누리지 못하는 지금의 아이들인데, 차라리 두뇌 이외의 성장을 모두 유예해 버리는 편이 어쩌면 그들에게도 더 득이 되지 않을까?

이영찬 박사의 연구는 그렇게 시작됐다. 아이들에게 신체적 변화에 쓰이는 에너지로 국영수 한 문제를 더 맞히게 해 준다는 명목 아래.

자연스러운 인간의 성장을 왜곡한다며 사람들은 거세게 반발했다. 게다가 아직 자신의 의사 결정을 완전히 책임질 수 없는 아이들에게? 혹시 그런 기술이 발달한다고 해도, 아이들에게 사용하는 것은 결코 옳지 않은 일이었다. 중장년의 노화 방지에 쓴다면 또 모를까.

하지만 애석하게도 이 기술은 아직 이차성징이 발현되지 않은 사춘기 이전의 아이들에게만 적용 가능하다고 했다. 오래전부터 사용되던 키 성장 주사와 유사한 원리였다. 일단 성호르몬이 완연히 분비되면 더 이상 성장호르몬을 조절할 수 없다고 했다. 무엇보다 이영찬 박사는 결코 다른 사람에게 흔들릴 사람이 아니었다.

그래서 몇 년 후, 세상은 크기가 어른 손가락 두 마디 정도밖에 되지 않는 새끼 쥐를 마주하게 됐다. 그리고 이 쥐는 저희보다 두뇌가 큰 성체 쥐도 벗어나지 못하는 미로를 거침없이 내달렸다. 꼭 하얀 총알처럼 쏜살같이. 이미 저희 부모와는 질적으로 다른 존재가 되었다는 사실을 증명하면서.

어린 나이에 오롯이 두뇌 회전에만 집중한다는 것이 이 정도일 줄은 누구도 예상하지 못했다. 뉴스를 접한 사람들 모두 이건 마치 진화 같다며 몸을 떨었다. 하지만 그때까지만 해도 사람들은 그 기술이 곧바로 인간에게 적용되리라고는 믿지 않았다. 동물실험과 상용화 사이에는 큰 장벽이 존재한다고 했으니까. 게다가 새로운 것을 두려워하는 사람들의 마음을 생명공학 박사 한 명이 설득하기는 쉽지 않아 보였다. 그 일이 있기 전까지는 모두 그렇게 믿었다.

하지만 정작 변화를 마주했을 때, 세상은 다시 한번 뒤집히고 말았다. 충격의 물결이 너무 거세서 사람들은 미처 이영찬 박사의 첫 번째 발명품에 계속 신경 쓸 수 없었다. 결국 그 일은 사람들의 마음을, 그리고 세상을 바꿨다.

총알 쥐가 있던 연구실이 화재에 휩쓸려 모든 연구 자료가 유실되었다는 소식은 신문 사회면에 작은 기사 정도로만 보도되었다.

유일한 입학생

"이, 일단 흩어져!"

내 말과 동시에 '삶 삼인방'은 각자 방향을 틀었다. 등 뒤에서 낮은 목소리가 들려왔다.

"아기들, 겁먹었어?"

아기라니. 얼핏 들으면 참 친근한 호칭이었다. 하긴 '중 성화 고양이'라든가 '고자 주사'라는 별명으로 부르지 않 았으니 더 신사적인 접근인 건가. 하지만 하필 그 별명으 로 우리를 부르는 서너 명의 남자애들에게 일방적으로 쫓 기는 중이라면 그 의미는 또 달랐다. 게다가 저 아이들은 키가 우리보다 30에서 40센티씩은 더 컸다.

우리를 쫓는 아이들의 얼굴이 낯익었다. 한 학년에 한두 무리씩 있는 껄렁한 아이들. 보통은 말로만 겁주며 재미를 찾는 아이들이었는데, 오늘은 유난히 더 본격적이었다.

나는 빨리 좁은 골목길로 꺾어 들어갔다. 상대적으로 근력이 부족한 우리에게 그나마 그쪽이 승산 있었다. 키 135센티에 얇은 팔다리. 초등학교 3학년 때부터 1형 제트 주사를 맞아 온 나의 신체 조건은 초등학생과 같았다. 반면 나를 바짝 추격해 오는 남자아이의 몸집은 이미 성인 남자만 했다. 제 속도를 이기지 못해 골목 벽에 충돌하는 그 몸짓이 꼭 내 심장을 때리는 듯했다.

"혹시 알아? 액땜하면 합격할지?"

합격이라……. 맞다, 오늘이 그날이었지.

그제야 저 아이들의 머릿속도 이해가 갔다. 가뜩이나 같은 개천에 발을 담그고 있으면서 용 되기를 꿈꾸는 우리가 괘씸하게 보였을 텐데. 오늘은 특히 그 감정이 배가 됐겠지.

억울하지 않다면 거짓말이었으나, 우선은 더욱 빨리

도망치는 데 집중했다. 그래도 조금만 더 가면 벽이 나올 테니까. 하지만 애써 넓게 벌린 보폭 때문에 튀어나온 돌부리에 발이 걸렸다. 실수를 깨달았을 때는 이미 걷잡을 수 없이 무게중심이 앞으로 기울어진 후였다. 거친 시멘트 바닥이 순식간에 눈앞으로 마중 나왔다.

턱, 터덕. 몇 바퀴 구른 나는 쫓아오는 아이 쪽을 바라보며 널브러졌다. 힐끗 뒤를 보니 내 뒤로는 막다른 골목이었다. 날 바라보는 아이의 입꼬리가 높게 올라갔다. 바닥을 짚은 손이 덜덜 떨렸다. 하지만 힘주어 몸을 일으키려 해도 도무지 다리가 말을 듣지 않았다. 아, 쓰라려. 온통 까져 피가 철철 흐르는 무릎이 그제야 보였다.

나는 대신 슬금슬금 뒤쪽으로 엉덩이 걸음을 했다. 내 앞의 아이는 그저 구경만 했다. 꼭 조카와 놀아 주는 삼촌의 아량처럼, 잡으려는 듯 끝까지 봐주는 과장된 선처였다. 그러거나 말거나 나는 꾸준히 움직였다. 곧 단단한 벽이 내 등에 닿았다. 하아, 작고 차분한 숨을 내뱉었다.

"넌 뭐야? 이영찬의 총알 쥐들은 길이라도 잘 찾았지."

그 아이가 승리감에 도취해 마지막 한마디를 내뱉었다. 바로 그때, 나는 있는 힘을 다해 몸을 돌렸다. 단단한 돌벽에 쌓인 한쪽 쓰레기 더미를 걷어 내자 작은 개구멍이 나왔다. 중학생만 되어도 쉽게 몸이 통과하지 않을 협소한 크기였다. 하지만 나라면 충분히 지나갈 수 있었다.

나는 재빨리 몸을 날렸다. 뒤늦게 굵은 손이 뻗어 왔지만 거기까지였다. 휘적거리며 그의 손이 빈 구멍을 열성적으로 저었다. 그러나 결국 다시 제 어깨를 빼내야 했다. 힐끗 고개를 숙이고 바라본 그의 얼굴은 땅에 닿은 채 터질 듯 붉었다.

수아와 형진에게 합류한 것은 그로부터 한참 후였다. 둘은 약속이나 한 듯 아지트에 모여 있었다. 아지트라 해 봤자 버려진 아동용 의자와 플라스틱 책상을 건물이 철거된 공터에 들여놓은 게 전부였지만. 그래도 사방이 격벽으로 막혀 있어 안전했다.

내가 아지트 격벽에 뚫린 또 다른 개구멍을 통과하는 기척을 듣고 형진이 말했다.

"쟤네 우리보다 한 학년 아래야. 얼굴 본 적 있어."

수아가 나를 살피며 말했다.

"뭐야, 여름이 다쳤잖아?"

나는 곧바로 내 상태를 확인하는 두 사람에게 안심하

라는 듯 말했다.

"지혈해서 괜찮아."

"맞았어? 왜 이렇게 늦은 건데?"

나는 대답 대신 플라스틱 의자 하나에 걸터앉았다. 실상은 무릎의 상처보다도 분한 마음을 삭이는 데 더 시간이 걸렸지만. 그런 속내를 그대로 전해서 뭐 하랴. 그저 다리만 흔들었다.

"그래도 오늘이면 끝이다, 맞지?"

잠시 주춤하던 아이들이 이내 고개를 끄덕였다. 오늘이 유일고 합격자 발표날인 것이 기억난 모양이다.

유일고등학교는 우리나라에 존재하는 유일한 고등 교육기관이다. 그도 그럴 것이, 오로지 유일고를 통해서만 스페셜리스트가 배출된다.

현대 사회에서 스페셜리스트의 위상은 대단했다. 대부분의 노동을 안드로이드가 대신하는 요즘, 그것에게 뒤처지지 않는 인간은 오직 스페셜리스트뿐이었다. 그들은 과학, 정치, 경제와 문화 등 모든 부분에서 안드로이드를 선도했다. 소수의 스페셜리스트가 일당백의 역할을 해냈다.

덕분에 대학이나 전공 학위 등은 이미 유명무실해진

지 오래였다. 유일고에서 한 달이면 웬만한 박사 학위는 손쉽게 따고도 남는다고 전해졌으니까. 물론, 아직도 대학교는 흔적처럼 남아 있지만 이제 비싼 취미 활동 정도로 인식됐다. 돈 내고 대학에 가면 무언가를 배우긴 해도 어차피 그 지식은 직업을 바꿔 줄 수 없었기 때문이다.

그런데 유일고에 입학하려면 필수 조건이 하나 있었다. 바로 1형 제트주사를 열 살 때부터 꾸준히 맞아야 한다는 것이다. 한 달에 한 번, 이 주사를 맞으면 처음 주사를 맞기 시작한 나이에서 성장이 멈췄다. 외모뿐만 아니라 근육이나 완력, 목소리도 초등학생 수준 그대로였다.

부작용을 걱정할 필요는 없었다. 애초에 주사는 성장을 유예할 뿐, 성장할 수 있는 세포 자체를 죽이는 것이 아니었으니까. 일단 주사를 끊으면 멈췄던 성장이 다시 쑥쑥 이뤄진다. 한 다섯 달간은 말 그대로 밤마다 뼈 자라는 소리가 들린다고 한다. 그때는 특별히 먹는 양을 신경 써서 늘려야 한다는 지침도 자세히 나와 있었다.

하지만 실상은 그리 간단하지 않았다.

1형 제트주사는 의료보험으로 처리돼 매우 저렴했으나, 그렇다고 모든 아이가 그 주사를 맞는 건 아니었다. 애초에 유일고는 한 해에 오직 100명의 신입생만 선발했다. 한 해 중학교 졸업생 40만 명 중 단 100명이라는 좁은 문을 일찌감치 포기하는 학부모가 많았다. 우리 동네처럼 애초에 못사는 동네일수록 더 그랬다.

이 동네에서도 제트주사를 맞은 아이는 나와 형진이 그리고 수아까지 오직 셋뿐이었다. 누가 동네북 역할을 담당할지는 보지 않아도 뻔했다.

그러니까 우리가 바란 것은 애초에 합격이 아니었다.

"꼭 불합격하자."

"난 아예 백지로 내 버렸어. 어차피 그게 그거지만."

연이은 아이들 말에 나 역시 고개를 끄덕였다. 그래도 우리끼리 만나면 별말 없이도 마음이 편해지는 구석이 있었다.

형진이가 말했다.

"주사 끝나는 기념으로 내가 편의점 산다."

"진짜 음식도 아니고, 됐거든요?"

수아의 말대로 요즘 편의점이나 마트에서 파는 음식은 전부 화학식으로 합성된 가짜 음식, 즉 인공 식품이었다. 정말 땅에서 나고 자란 농축산물은 오직 스페셜리스트와 같은 소수만 접할 수 있었다.

형진이는 이해하지 못하겠다는 듯 고개를 절레절레 저었다.

"가짜 음식만 해도 요새 얼마나 맛이 다양한데. 싫으면 나 혼자 간다."

그러더니 정말 미련 없이 개구멍에 머리를 넣었다. 한 살 어린 애들한테 쫓겼다고 씩씩댈 때는 언제고 군것질 하나에 이렇게 들떠서는. 그 낙천적인 뒷모습에 수아와 내가 악의 없이 웃었다. 그러다가 나도 슬슬 집으로 돌아가려는데, 뒤따라오던 수아가 나를 붙잡았다.

내가 돌아보자 수아가 말했다.

"주사가 끝나도, 여전히 힘든 일 있으면 꼭 알려 줘."

"너 이사 가?"

"그런 뜻이 아니라. 알잖아."

이어지는 수아 말에 나는 그저 빙긋 웃었다. 상대가 더는 물어보기 어렵게 하는 온화함이었다. 수아는 내 손을 놔 주었지만 여전히 석연치 않다는 듯 눈썹이 들려 있었다. 그대로 수아를 두고 걸어가다 다시 뒤를 돌아봤다.

"스라소니가 좋겠어."

"뭐?"

"아까 너희 내빼는 모습 보니까 잽싸더라. 중성화 고양이는 절대 싫고, 그렇다고 우리가 치타급은 또 아니고. 역시 삵보단 스라소니 삼인방 정도가 적절한 거 같다."

그러고는 그대로 개구멍을 통과하는 나를 수아가 뒤늦게 야유하며 바짝 쫓았다.

"그게 뭐야!"

*

내 방 작은 침대 옆에는 공부 책상이 있다. 아이 방에 책상을 두지 않는 것도 요즘 트렌드 중 하나라지만, 우리 부모님이 결코 그런 선택을 할 리는 없었다. 책상 위에는 박사 모자를 쓴 유치원생 시절 나의 사진이 있다. 나야 주사를 맞았으니 그때 얼굴을 많이 유지하고 있는 편이었다. 그래도 그 해맑은 미소만큼은 도저히 내 것이라 믿기지 않았다.

상담 중에는 가족이라도 내 방에 출입할 수 없었다. 문 밖에서 부모님이 만들어 내는 생활 소음이 들려온다는 사실만으로도 이미 분리의 의미는 사라졌지만 말이다.

"응?"

그러거나 말거나 눈앞의 작은 남자는 차분히 내 대답을 기다리고 있었다. 정확히는 '용돈 시계' 액정에서 뻗어나온 홀로그램 미니어처였다. 내가 안드로이드 의사를 부득불 거절하자 부모님이 제안한 대체재가 바로 이것이었다. 내가 평소 애용하던 '스페셜-홀로'에 상담 서비스 추가하기.

스페셜-홀로란 첨단 결제 수단이자 홀로그램 프로젝터인 손목시계로 유명 스페셜리스트의 홀로그램과 일대일 가상 대화를 할 수 있는 채팅 프로그램을 말한다. 홀로그램에 실제 스페셜리스트의 성격과 지식이 반영되어 있기에 상담도 문제없었다. 학생뿐만 아니라 어른도 같은 기능의 '월급 시계'로 채팅을 이용했다.

그런데 왜 하필 스페셜리스트와 대화하는 걸까? 스페셜리스트들은 평범한 어른과는 질적으로 다른 일을 하고, 비교도 안 되는 수준의 돈을 벌었다. 이들이야말로 실제로 세상을 움직이는 '진짜 어른'인 셈이었다. 나를 포함한 아이들에게 그들은 그 어떤 아이돌보다도 선망의 대상이 되곤 했다. 게다가 서비스를 추가한 것은 내가 가장 좋아하는 스페셜리스트인 이해돈과의 채팅방. 홀로그램이 그의 열일곱 살 모습으로 설정되어 있어 퍽 친근하게 느껴지기도 했다.

"유일고 합격자 발표날이잖아. 뭐든 하고 싶은 말이 있을 거 같은데?"

하지만 이런 식으로 질문 공세를 해 오면 호감 가는 얼굴도 다 소용이 없어졌다.

"그냥 후련하다니까."

게다가 저 강하게 풍겨 나오는 나무 향기라니. 도대체 특정 방향제나 원목 가구 등이 내담자의 마음을 편안하게 해 줄 거라는 발상은 누가 처음 한 걸까? 상담 모드에서 홀로그램 이해돈은 종종 푹신한 가죽 소파에 기대앉기까지 했다. 내가 아는 이해돈이라면 절대 하지 않을 행동이었다.

"너희 부모님에게 전해 듣기론⋯⋯."

"못 믿겠으면 다음 주에 확인해 봐. 오늘이나 그때나 덤덤하면 나 진짜 문제없는 거 맞잖아."

가장 마음에 들지 않는 것은 바로 이 부분이었다. 내 손목 위의 비밀 친구가 이제는 부모님과 내 이야기를 주고받는 사이라니. 물론 상담 모드일 때 데이터는 오직 상담 중에만 저장된다고 했지만 그래도 조금 찜찜했다. 입을 벙긋하려는 홀로그램 이해돈에게 나는 다시 한번 눈빛을 쏘았다.

도대체 오늘따라 왜들 이러는 걸까. 나를 쫓아오던 껄렁한 아이들의 속을 이해하는 게 차라리 쉬웠다. 조금 전 수아도 새삼 나를 걱정했고 집에 들어왔을 때 부모님도 내 눈치를 살피는 기색이 완연했다. 심지어 오늘은 홀로그램 이해돈까지 끈질겼다.

"하지만 유일고는…….."

"언니가 입학했던 학교지. 그래서 뭐, 왜? 너랑 3년째 상담하는 이유가 바로 그거 때문인데 더 쉬쉬할 이유도 없잖아."

말을 꺼내고는 아차 싶었다. 목소리가 너무 컸기 때문이었다. 내 말이 진심이고 아니고를 떠나서 부모님과 쓸모없는 언쟁만은 피하고 싶었다. 다행이라고 해야 할지, 문밖에서 기척은 들려오지 않았다.

하지만 오늘 이해돈은 정말 정도를 몰랐다.

“내 말을 잘 이해 못 했구나.”

“다음 주에 하자, 진짜.”

“나는 지금 여름이 네가 유일고에 합격했다고 말해 주려는 거야.”

“하하하. 상담 모드 중에 농담을 다 하네?”

하지만 날 보는 이해돈의 눈빛에는 흔들림이 없었다.

뭐지, 얘가 지금 무슨 이야기를 하는 거야?

우리 동네의 유일한 유일고 입학생.

언니의 그런 타이틀에 괜히 나까지 벅차오르던 때가 있었다. 실은 그 전부터 언니는 내게 선망의 대상이었다. 언니와 나는 무려 열 살 터울이었는데, 그 정도 나이 차가 나면 누구나 제 동성의 형제자매를 우러러보기 마련이다. 이제는 머리로 이해하는 사실을 그때는 진심으로 믿었다.

생각해 보면 언니는 뭐든 알아서 해내는 사람이었다. 나도 늦둥이 막내치고는 앞가림을 잘하는 편이었지만, 언니는 유독 그랬다. 뭐든 100점을 맞아야만 직성이 풀리는 만능 수재에 욕심쟁이. 동시에 초등학교 내내 반장으로 선출되었던 아이들의 중심. 자칫 재수 없을지 모르는 캐릭터지만 수학여행 때 코믹 댄스로 완전히 망가질 줄도 알았던 능구렁이. 그때는 제트주사를 처음 맞는 나이가 열네 살부터였을 때라, 언니는 외모도 그렇게 겉돌지 않았다.

그런 언니가 유일고에 합격한 것은 다른 사람들이 보기에도 말이 됐다. 만일 우리 동네에서 유일고 입학생이 나온다면, 그건 바로 언니여야 한다고 모두 생각했으니까. 하지만 중성화 고양이 정도로 취급받던 내가? 주사만 맞았을 뿐이지 나는 성적도 결코 상위권이 아니었다.

결국 나는 참지 못하고 상담 도중 방문을 열고 나왔다.

"도대체 어떻게 된 거야?"

어라, 그런데 뜻밖에도 엄마와 아빠는 초코케이크에 초를 꽂던 중이었다. 심지어 아빠는 꼭 변명하듯 횡설수설했다.

"예, 예정보다 결과가 빨리 떴더라고. 네가 하교 시간에도 연락 없길래 먼저 확인해 봤지. 그리고 우리가 전해 주는 것보다는 서, 서프라이즈로? 어쨌든 축하할 일 아니냐."

아빠가 과장되게 케이크를 내미는 탓에 애써 붙인 불

이 다시 꺼졌다. 나는 그제야 검색이라는 방법이 떠올랐다. 서둘러 손목에 찬 용돈 시계로 유일고 입학처에 접속했다.

그런데 사이트의 안내문도 케이크만 없을 뿐 같은 결과를 알려 주었다.

합격, 귀하의 입학을 진심으로 축하합니다.

부모님과 홀로그램이 작정하고 날 놀릴 수는 있어도 유일고 홈페이지까지 해킹할 수는 없었다. 얼떨떨해하는 나를 곧 엄마가 식탁 의자에 앉히더니 잠시 뜸을 들이다가 말했다.

"넌 실전에 강한 아이라고 우리가 누누이 말했잖아. 그렇게 됐을 뿐이야. 그동안 싫다고 했지만 꾸준히 공부해 왔고, 문제도 전부 객관식이었다며. 운도 작용했겠지. 끝까지 다 푼 건 맞지?"

몰아치는 엄마의 질문에 나는 얼떨결에 고개를 끄덕였다.

"거봐, 걱정이나 의심하지 말고 기뻐할 일이야."

우리 집 여자답게 단도직입적이다. 하지만 그런 엄마라도 이렇게 말할 줄은 몰랐다.

"새봄이도 분명 축하해 줬을 거야."

내 기억이 맞다면 우리 가족이 언니 이야기를 까놓고 말한 것은 실로 오랜만이었다.

그날 저녁, 잠자리에 누워서도 자꾸 몸을 뒤척였다. 먼저 울고불고하니 부모님도 뭐라 하지 못했다느니, 당장 주사 세트부터 버렸다느니 하는 형진이와 수아의 메시지에도 답장할 수 없었다.

백번 양보해서 유일고에 합격한 사실을 받아들인다 치자. 그러면 꼭 입학해야 하는 걸까? 내 입학을 당연시하는 집안 분위기 탓에 정작 말할 시간이 없었다.

우선 유일고를 다니지 않아도 먹고사는 데 지장은 없었다. 우리의 기본적인 생활은 개인의 노동이 아니라 스페셜리스트의 기부 덕으로 보장되었다. 그들이 일 초에 창출해 내는 경제적 가치가 어마어마했다. 덕분에 우리는 궂은일을 하지 않아도 혹은 아예 생업 자체를 포기해도 먹고살 수는 있었다. 가난한 동네인 우리 동네에서조차 못 먹거나 못 입어서 죽는 사람은 없었다.

만약 유일고를 졸업한다면?

삶의 질은 수직적으로 상승할 것이다. 졸업 후 일단 스페셜리스트가 되면, 그들만이 사는 호화 주거지에 살 수 있고 요즘 세상에 귀하다는 진짜 음식까지 맛볼 수 있다. 실제로 세상을 굴리는 사람들이니 어찌 보면 당연한 대우였다.

하지만 무엇보다 중요한 것은 바로 명예였다. 다른 '배부른 빈민'에게서 엿볼 수 없는 빛나는 가치가 그들에게는 존재했다. 그들은 태도부터가 달랐다. 양복 소매 밖으로 나온 매끈한 팔목을 허전하다는 듯 쓰다듬는 것이 스페셜리스트의 특징이었다. 반면 월급 시계를 차야만 하는 보통 어른들은? 그들의 월급도 결국 스페셜리스트에게서 나온다는 점에서 그 처지가 용돈 시계를 차는 우리와 별반 다르지 않았다.

그렇다면 유일고를 무사히 졸업할 수는 있는가. 이건 보통 사람들이 쉽게 간과하는 부분이기도 하다. 매해 취직하는 신입 스페셜리스트의 수가 왜 입학 정원인 100명에 조금 못 미치는지, 정원 중 서너 명 정도는 어디로 가는 건지.

우리 가족만은 이 문제를 모를 수 없었다. 우리 언니가 바로 그 서너 명 중 하나였기 때문이다. 스페셜리스트가 되지 못하고 '3학년 11반'으로 향한 유급생. 그런데 그런 언니가 날 축하해 줄 거라니. 엄마는 흉사와 경사가 부드럽게 바통을 이어받으리라 진심으로 믿는 걸까? 글쎄, 아마 부모님도 어떤 염원이 있었던 거다. 초코케이크는 분명 언니가 좋아하던 거니까.

하지만 거기까지 생각했을 때 까무룩 눈이 감겨 왔다. 생각해 보면 오늘 정말 많은 일이 있었다. 이대로 잠들어도 상관없겠다 싶었다. 합격했다는 것이 참 희한했지만, 애초에 내 마음은 입학하지 않는 쪽으로 완전히 굳어진 상태였다.

✳

익숙한 악몽을 꿨다. 어수선한 장례식장 풍경. 내 눈높이로는 사람들 대부분을 올려다봐야 했다. 그때 나는 열세 살이었고 세상은 온통 겨울이었다. 열 살 때부터 주사를 맞았으니 키는 지금과 똑같을 텐데 주변이 유독 길게 늘어져 보였다. 나란히 선 조문객과 길게 늘어선 화환들.

사람들은 꼭 안드로이드처럼 행동했다. 모두가 어떻게 행동해야 하는지 알았고, 그렇게 행동하는 것 외에는 달리 중요한 일도 없었다. 규격에 맞는 슬픔이 차례로 배달되었다. 개중에는 눈물을 흘리는 사람도 있었지만, 다행히 나까지 끌어들이지는 않았다. 꼭 슬픔의 마스코트처럼 나는 그들의 감정을 그저 촉발했다.

그곳에서 내게 말을 거는 사람은 오직 언니뿐이었다.

"우습지 않아? 저렇게 뒤늦게 찾아와 슬퍼하는 거."

"잘 몰랐던 거지. 언니가 몇 번 유급한 뒤론 우리 가족부터가 주변에 쉬쉬하고 그랬잖아. 친척 모임도 잘 안 나가고."

희한하게도 묻는 사람은 언니 그리고 다 안다는 듯 대답하는 사람은 언니보다 10년이나 더 어린 나였다.

"장장 7년이랬나? 그거야 애석하지만 왜 자꾸 죽음에 의미를 붙여? 유일고 화환은 또 뭐고? 교통사고라며. 분명 비극적이지만 사실 모든 죽음은 다 비극적인 거잖아?"

나는 말똥한 언니의 옆얼굴을 한번 흘기며 말했다.

"총각 귀신 같은 거야. 그게 어디 결혼 못 해서 죽은 귀신이야? 사인은 달라도 한이 맺힐 만하잖아. 남들은 다 해 보는 생활을 못 해 본 거니까."

"무사히 졸업만 했으면 엄청 부자 되는 건데?"

되묻는 언니의 어투는 너무 가벼웠다. 뭐라고? 집요한 나의 시선에 언니도 결국 나를 마주 봤다. 영문을 모르겠다는 얼굴이었다. 그 시치미에는 저절로 어금니가 악물어졌다.

"왜 이렇게 남 일처럼 얘기하는데? 내가 묻고 싶다."

꿈속인 줄은 알았지만, 한번 시작한 질문을 멈출 수 없었다.

"도대체 언니 왜 죽은 건데?"

그러나 언니는 여전히 그 얼굴 그대로일 뿐이었다. 아, 그렇구나. 나는 그 표정 덕분에 이제 언니가 내게 답해 줄 수 없음을 깨달았다. 오리발이나 무심함을 나타내는 표정이 아니었다. 언니에게는 그저 그 표정밖에 남아 있지 않았을 뿐이다. 영정 사진으로 남은 언니의 마지막 모습이 꼭 그렇게 무뚝뚝했으니까. 이 모든 것을 깨닫자, 언니는 다시 한번 내 앞에서 모습을 감췄다. 웅성웅성. 그제야 다시 주변 소음이 들려왔다.

"불쌍한 것. 어린 게 얼마나 놀랐으면."

"저 나이에 뭘 알겠어. 아픈 줄도 모르는 거지."

나를 열 살 혹은 그보다 훨씬 어린 나이의 아이로 얕잡아 보는 말을 들으며 정신이 점점 흐려졌다. 꿈은 항상 이때쯤 끝나고는 했다. 시야는 느리지만 완벽하게 어두워졌다.

"허어!"

밭은 숨과 함께 눈이 떠졌다. 하얀 내 방 천장이 보였고 사위는 아직 어슴푸레했다. 나는 잠에서 깬 뒤로 눈을 뜬 채 누워 있었다. 옆얼굴을 타고 주르륵 흐르던 식은땀이 천천히 말라 가는 것을 느꼈다.

장례식이 끝난 후, 안드로이드 의사를 거부하는 내게 부모님은 홀로그램 상담 서비스를 권유했다. 듣기로는 유일고 측에서 가장 좋은 상담 서비스를 지원해 줬다고 한다. 어른들은 내가 장례식에서 눈물을 한 방울도 흘리지 않은 것이 분명 이상 징후라고 했다. 하지만 마냥 슬퍼하기에 언니의 죽음은 결정적으로 석연치 않은 구석이 있었다.

당장 언니가 학교를 다닌 기간만 해도 그렇다. 유일고

에서는 전례가 없는 4년 유급생이 장장 7년의 고교 생활을 마치던 겨울에, 하필 교통사고를 당했다. 진실로 받아들이기에 너무 기구한 불행이다. 게다가 이 애달픈 사연을 보도하는 매체는 단 한 군데도 없었다.

꼭 누군가 일부러 진실을 숨기고 있는 것처럼.

내가 이 이야기를 부모님에게 전했을 때, 부모님은 내가 많이 아픈 거라고 했다. 내가 잘못됐다는 뜻이 아니라, 그저 힘들 뿐이라고. 실제로 많은 유가족이 상실을 받아들이지 못해 배후의 어떤 음모를 찾는다고 했다.

하지만 그렇게 내 정신 건강을 걱정하는 분들이 왜 동시에 유일고 입학을 계속 준비시켰던 걸까? 그 학교는 하필 우리 언니가 졸업을 앞두고 죽음을 맞은 곳이다. 트라우마니 부정적 동일시니, 내 심리에 독이 될 요소는 대충 봐도 많았다. 하지만 부모님은 결코 번복하지 않았다.

그 뒤로, 부모님에게는 본심을 이야기하지 않았다. 미주알고주알 내 사정을 털어놓았던 이해돈에게도 역시 마찬가지였다. 친구인 수아가 내 마음을 살펴도 그냥 내 쪽에서 화제를 돌렸다. 자꾸 무덤덤하게 행동하다 보니 그게 버릇이 되기도 했고, 아직은 계획의 반도 이루지 못했기 때문이다.

결국 나를 이해시킬 수 있는 건 나뿐이었다. 중학교만 졸업하면 서둘러 일자리를 구할 계획이었다. 요새는 빈민의 경제활동 나이가 더 어려져, 빨리 독립할 수 있으니 더 독자적인 조사도 가능할 것이다.

언니 장례식에 관한 악몽을 수시로 꾸는 지금은 무언가 전혀 해결되지 않은 느낌이었다. 힘들면 말해 달라니. 이건 누군가에게 위로받는다고 해결되는 문제가 아니었다. 나는 그저 답을 알고 싶었다. 도대체 왜 언니가 죽었는지만 알게 되면 내 마음도 비로소 더 편해질 듯싶었다.

그때 밖에서 소곤거리는 소리가 들려왔다.

"여름이가 잘 해낼 수 있을까?"

부모님의 무신경은 차라리 귀여웠다. 1형 주사를 맞는 아이들은 성장과 생식에 에너지를 쓰지 않아 적게 먹기도 하지만, 꼭 노인처럼 잠귀가 밝을 수 있으니 주의하라고. 나라에서도 알려 주는 지침이건만 부모님은 여전히 적응되지 않은 모양이다.

더 듣고 있기도 뭐해서 그냥 화장실에라도 가려던 참이었다.

"유일고에서 새봄이가 어떻게 죽었는지라도 알게 되
면⋯⋯."

하지만 아빠에게서 그 말이 흘러나왔을 때, 내 몸은 그
대로 굳어 버렸다. 꼭 고압 전류처럼 그 말은 내 몸을 타고
흐르며 전신을 쏘아 댔다.

그 사람

한국의 중심은 이제 뭐니 뭐니 해도 성남에 있는 ST돔이었다. 스페셜리스트의 거주 공간이자 그들의 직장인 스페셜 타워(Special Tower), 즉 ST가 포함된 돔이다. 말 그대로 반구형의 지붕이 도시 전체를 감싸고 있었다. 유리가아닌 통기성 불투명 패널로 이루어진 돔이라, 그 안의 풍경이 밖에서는 한눈에 보이지 않았다.

지금의 ST돔은 업무 효율성을 극대화한 공간이었다. 왜냐하면 요즘 엘리트는 더 이상 한 분야만의 전문가가아니기 때문이다. 한 명의 스페셜리스트가 아침에 신약을 개발하고 점심에는 법적 문제를 자문하며 저녁에는 사용허가를 위해 정치인들의 의결을 붙였다. 서로 위치만 가깝다면 실제로도 가능한 일이었다.

유일고는 그런 ST돔으로 향하는 관문 같은 곳이었다. 말만 그런 게 아니라 지리적으로도 그랬다. 서울과 성남이 이어지는 최북단에 꼭 아파트 관리실처럼 붙어 있는 건물이 바로 유일고였다.

그러니까 지금 내 시야에 점점 더 반투명하고 거대한 반구가 들어오는 것도 우연은 아니었다. 나는 지금 자가주행 차를 타고 유일고로 향하고 있었다. 물론 앞좌석에는 엄마와 아빠도 동석했다.

백미러로 보이는 부모님 얼굴에는 서로 닮은 미소가 어려 있었다.

아빠가 말했다.

"아빠가 엄마랑 어떻게 만났는지 얘기해 줄까?"

"오늘이랑 상관도 없는 얘기를 왜 하고 그래요."

하지만 그렇게 말을 꺼낸 엄마가 오히려 아빠의 말을 이어받았다.

"내가 영화학도였을 때였어. 그때가 벌써 근 30년 전이

네. 그때는 사람이 직접 영화 찍었다고 엄마가 얘기했지? 나도 기막힌 졸업 작품을 찍고 싶었다고."

백미러 속 엄마의 눈이 내 눈과 힐끗 마주쳤다.

"근데 몸놀림은 섬세하면서 눈은 소처럼 순한, 그런 남자 주인공을 도저히 못 찾겠는 거야. 홧김에 음식이라도 때려 넣으려 뷔페에 갔어. 코 박고 한참 음식만 퍼먹던 나한테 누가 소화제를 건네더라."

그때 그 뷔페 직원이 바로 지금의 아빠였다고. 게다가 눈을 들어 확인한 아빠의 용모는 엄마가 찾던 주인공의 모습과 딱 일치했다고. 이미 숱하게 들은 이야기였다. 다음으로는 두 사람의 영화를 영화제에 출품했지만, 그해에 인공지능 감독이 대거 등장했다는 한탄이 이어지겠지.

나로서는 한때라도 그런 시절이 있었다는 것 자체가 신기했다. 이젠 다른 아저씨들보다 아빠의 배 둘레가 더 홀쭉하다는 것 말고는 그들의 창작 이력을 유추할 흔적 같은 게 없었으니까. 이제 두 분은 모두 전화 상담원으로 일하고 있다.

한밤중 두 사람의 대화를 엿들은 후, 나는 널뛰는 생각을 진정할 수 없었다. 더 단서가 있으면 좋으련만, 부모님의 대화는 언니의 죽음을 언급한 직후에 끊겼다. 엄마가 아빠의 큰 목소리에 주의를 줬기 때문이다.

그때 방 밖으로 나가 이게 도대체 무슨 소리인지 추궁했다면, 두 사람도 마냥 발뺌할 수는 없지 않았을까?

하지만 나는 결국 그러지 않았다. 부모님이 내게 진실을 말해 주지 않을 것 같아서였다. 어떻게든 둘러대거나 결국 내가 수긍할 만한 변명을 만들어 냈을 것이다. 너무 과민한 발상 같지만 부모님이 지금껏 내게 무언가 숨기고 있었다는 사실을 알게 되면 누구든 그런 판단력은 생길 것이다.

그 뒤로 내리 두 달을 유일고에 대해 조사하며 보냈다. 도대체 무슨 일이 있었던 걸까. 언니의 SNS 계정도 되는 대로 뒤졌지만 별다른 정보가 없었다. 유일고와 언니의 이름을 함께 검색해도 10년 전 입학자 명단만 떴다. 혹시나 하는 마음에 '자살'을 키워드로 추가했지만, 역시나 관련 기사는 없었다. 간혹 유일고에 합격하지 못해 목숨을 끊은 이들의 소식만 발견될 뿐이었다.

결국 남은 방법은 유일고에 직접 가 보는 거라서, 나는 입학을 순순히 받아들였다. 유일고 밖에서는 워낙 뜬소문만 많을 뿐, 신빙성 있는 정보를 얻을 수 없었기 때문이다.

그 뒤로는 마음을 완전히 굳혔다. 웃기는 이야기지만 공부도 좀 해 뒀다. 유일고의 수업 강도가 혹독하다는 것은 가끔 마주하던 언니의 얼굴 상태만 봐도 알 수 있었다. 그 커리큘럼을 따라가느라 정작 언니에 관해 조사할 시간이 없어지면 곤란했다.

일단 언니 죽음에 대한 진실만 알아내면 미련 없이 자퇴할 것이다.

"엄마는 말야. 후회하지 않아."

엄마가 마침 저런 말을 했다. 도대체 고백인지 다짐인지 알 수 없었다. 자신에게 하는 말인지 아니면 나 들으라고 하는 말인지도. 엄마는 더 말이 없었다. 그저 차분히 나를 바라봤는데, 왠지 내 쪽에서 고개가 돌려졌다.

후회 가능한 일의 범위가 어디부터 어디까지인지 모르지만 나는 결코 엄마의 만병통치약이 되어 줄 수 없었다.

유일고의 야외 주차장은 벌써 여러 대의 차로 북적거렸다. 차에서 내리자 아직 쌀쌀한 3월 초입의 공기가 훅 끼쳤다. 비로소 유일고의 전경이 한눈에 들어왔다.

건물 세 동은 모두 상앗빛 대리석으로 지어졌다. 꼭 고대 그리스 신전처럼 각 벽면 기둥은 모두 밖으로 노출된 구조였다. 그 기둥에 꼭 케이크 크림처럼 섬세하게 음각이 파여 있다.

그 위로는 빛나는 아이비 넝쿨이 자랐다. 스스로 빛나는 아이비는 없으니 분명 홀로그램일 텐데, 살아 있는 것처럼 바람결에 맞춰 잎새가 아주 정교하게 흔들렸다. 언니 입학식 때는 유치원에 있느라 나도 처음 마주하는 광경이었다.

"우와."

하지만 모두가 그 신헬레니즘 양식을 보고 감탄할 때, 나는 꼭 침투를 앞둔 첩보 요원처럼 미리 조사해 둔 내용을 상기했다.

왼쪽은 1층부터 차례대로 1, 2, 3학년 교실이 있는 가동. 그리고 중앙에는 학교 교장 선생님이 사용하는 사택인 나동. 그리고 오른쪽은 기숙사 방과 자습 시설이 위치한 다동이었다. 모임을 위한 강당과 여가 시설은 각각 가동과 다동 지하에 있다고 했다. 운동장은 존재하지 않았다. 학생 모두 신체적 성장은 하지 않는 학교니 당연한 조치였다.

한 가지 희한한 점은 가동이 총 네 층으로 이뤄졌다는 사실이다. 강당은 지하에 있다면서, 3학년까지만 존재하는 학교에 왜 교실 건물이 한 층 더 있는 걸까? 인터넷 문서에서도 유독 저 4층만큼은 별다른 정보가 없었다. 나는 막연히 저 4층이 바로 3학년 11반이리라 짐작했다.

우선 학생들을 따라 강당 쪽으로 이동했다. 그때 뒤에서 익숙한 목소리가 들려왔다.

"야, 한여름."

몸을 돌려 확인하니, 수아가 있었다. 그 뒤에는 형진이까지 대동한 채였다. 그제야 내 생각에만 빠져서 두 달간 친구들한테 답장도 제대로 하지 않은 것이 떠올랐다.

"얼굴도 안 보고 그냥 가려고 했냐?"

친구들의 언성이 높아지는 것도 백번 이해됐다. 그런데 입에서 쉽사리 말이 나오지 않았다. 친구들의 눈썹이 동시에 요동쳤다. 당장이라도 사과하고 사정을 설명해야 옳았다. 하지만 옆에 부모님이 있어서 결국 본심과는 다른 말이 튀어나왔다.

"여기까지 오느라 수고했는데, 나 앞으로 바빠질 예정이야. 그러니까 이렇게 멀리까지 찾아오는 일, 앞으로 하지 않아도 돼."

내 딴에는 지금 당장은 말 못 할 바쁜 용무가 있고 그걸 끝내면 다시 너희 쪽으로 찾아가겠다는 말이 하고 싶었다. 하지만 내가 듣기에도 말 자체는 꼭 선전포고처럼 들렸다. 형진이 입가가 미세하게 떨렸다.

"너, 너 진심이야? 스라소니 삼인방이라며."

수아의 눈동자는 순식간에 여러 각도로 흔들렸다. 재수 없는 애들 취급받으며 같이 괴롭힘당하던 내가, 이제는 우리를 괴롭히던 애들처럼 행동하고 있었으니까. 하지만 이제 와 사실 거짓말이었다고 변명하기도 뭣했다.

잠시 후, 수아가 말했다.

"너 분명 오늘을 후회하게 될 거야."

"무슨 말을 그렇게 하니? 여름이가 바쁜 거 정리되면 어련히 연락하겠지."

그렇게 말하는 아빠의 눈길도 순간 날카롭게 변했다. 하지만 더 첨언할 틈이 없었다. 곧 세미 정장 차림의 두 사람이 우리에게 다가왔기 때문이다.

"입학생 가족분이신가요?"

부드럽게 감싸는 듯한 목소리였다. 그 얼굴을 자세히

보며 나는 이상한 기시감을 느꼈다. 여자와 남자 모두 처음 보는데도 어딘가 친근했다. 공익광고 열 개쯤은 찍어도 좋을 듯한 인상이었다.

아, 안드로이드구나.

우리 부모님도 같은 생각을 했는지 어색하게 고개를 끄덕였다. 아마 언니가 입학할 때는 이러지 않았던 모양이다.

남자 안드로이드가 착 가라앉은 분위기에도 아랑곳하지 않고 말했다.

"이쪽으로. 곧 입학식이 시작됩니다."

동시에 여자 안드로이드의 손이 우아하게 나와 부모님 사이를 갈랐다.

"입학식은 학생만. 양해 부탁드려요."

"아."

부모님은 순순히 고개를 끄덕였다. 이건 아마 언니 때도 그랬나 보지? 곧 여자 안드로이드가 앞장서고 나와 남자 안드로이드가 그 뒤를 따랐다. 얼결에 안내를 따르다 보니 일행에게 제대로 작별 인사조차 하지 못했다.

뒤를 돌아봤을 때, 가족과 친구들은 벌써 아이비잎만

큼 작게 보였다. 엄마가 입을 뻐끔대는 게 보였지만 소리
가 닿지 않았다. 지금이라도 잘 있으라고 소리치면 내 목
소리가 과연 잘 전해질까.

그때 내 옆의 남자 안드로이드가 말했다.

"얼결에 입학식장으로 향했어요, 10년 전 새봄 학생
도."

눈에 힘이 들어가는 내게, 그는 싱긋 웃으며 계속 말을
이었다.

"주민등록 정보를 알 수 있어요. 방금 홍채를 스캔했거
든요."

*

강당 안의 분위기는 바깥과는 영 딴판이었다. 전체적
으로 조도가 좀 낮고 공기도 왠지 무거웠다. 꼭 옛날 영화
관처럼 열과 행을 맞춘 좌석이 배치되어 있었고 그 앞에
는 빈 연단이 보였다. 지하라 소리가 먹히는지 내가 만들
어 내는 발소리조차 금세 벽으로 스며들었다. 마지막으로
입장한 나는 재빨리 내 이름이 적힌 좌석에 가서 앉았다.

비로소 의자마다 반듯하게 앉은 아이들의 모습이 보였다. 아이들은 모두 앞만 바라볼 뿐, 잡담이라고는 일절 하지 않았다.

많아 봐야 열 살 남짓밖에 되어 보이지 않는데 이렇게 점잖은 태도를 유지한다니. 제트주사를 맞지 않은 열 살 아이들이었다면 결코 상상할 수 없는 광경이었다.

꿀꺽. 괜히 긴장되던 찰나 뒤에서 목소리가 들려왔다.

"반가워, 나는 강미주라고 해."

뒤를 돌아보니 머리띠를 꼼꼼하게 두른 말끔한 인상의 여자아이가 보였다. 옷은 몸에 딱 맞는 맞춤 정장을 입고 있었다. 아동용 정장처럼 유치한 곰돌이 무늬나 밝고 화려한 색이 쓰이지는 않았지만 한눈에도 좀 사는 집 애처럼 보였다.

"어, 나는 한여름."

목소리 때문에 시선이 집중될까 부담스러웠지만 숨통이 트이는 기분에 반가움이 더 컸다. 그런데 미주는 뜻밖의 이야기를 꺼냈다.

"자매가 다 계절이구나. 봄, 여름."

얘는 또 우리 언니를 어떻게 알지? 막 고개를 갸웃하는

데 미주가 말했다.

"아까 교문에서 안드로이드 선생님들이 말하는 거 들었어."

아, 안드로이드가 선생님이었구나. 알겠다는 듯 끄덕이면서도 속으로는 좀 신기했다. 찰나의 이야기를 듣고 나를 떠올린 순발력이 대단해서다.

미주는 내 어깨에 은근히 손을 올렸다.

"너는 금방 왔겠다, 그치?"

"그게 무슨……."

막 되물으려는데, 곧 안드로이드 선생님들의 낭랑한 목소리가 들려왔다.

"모두 자리에서 일어나 주세요. 교장 선생님이 입장하십니다."

조용하던 장내에 일순 웅성거리는 소리가 퍼졌다. 미주와 나의 대화도 자연스레 끊겼다. 규칙을 잘 지키던 아이들에게도 기대가 번지는 걸 보니, 과연 '그 사람'을 실제로 보는 기회가 대단하기는 한 모양이다.

그런데 입장한다는 교장 선생님은 오지 않고, 갑자기 강당의 조명이 꺼졌다.

"뭐야?"

아이들의 당황스러워하는 목소리가 동시다발적으로 울려 퍼졌다. 하지만 강당에 불이 들어왔을 때, 아이들은 다시 한번 놀랄 수밖에 없었다. 눈앞에 학교가 아닌 공항 풍경이 펼쳐졌기 때문이다. 순간 이동인가? 공항은 카메라를 대동한 인파로 발 디딜 틈이 없었다. 오직 그 중앙에만 동그랗게 포토존이 비어 있었고, 어떻게 비집고 들어온 건지 내 또래 남자아이 한 명이 그 앞으로 나와서 섰다.

나는 곧 이게 실물 크기의 홀로그램임을 깨달았다. 같은 시간대의 일이 아님을 증명하듯, 공항의 면면이 묘하게 촌스러웠기 때문이다. 아마 불 끄는 타이밍에 홀로그램 영상을 튼 거겠지. 그런데 홀로그램 속의 광경은 내가 전에도 여러 번 본 광경이었다. 남자아이 역시 내게는 무척 익숙했다.

그때 남자아이가 차분히 손을 들어 올렸다.

"쉿. 모두 제 얼굴보다는 발언이 궁금하실 테니까요."

아이는 농담하며 장내에 흐르는 긴장을 풀었다. 외모가 상당히 수려했다. 나는 특히 달처럼 외부의 빛을 은은하게 반사시키는 아이의 눈동자가 마음에 들었다. 질문에

답하기 시작할 때 그 눈은 꼭 별처럼 불탔다.

"희귀병을 모두 치료할 수 있다, 단언할 순 없지만 그래도 가능성은 있습니다. 살펴보니 인도의 수닐 빈다니 교수와 10년 전 브리 터너 교수가 이미 접점 있는 연구를 했더라고요. 두 사람은 그 사실을 몰랐지만요."

많아 봐야 열일곱 살 정도밖에 되지 않아 보였다. 그 입에서 나오기에는 지나치게 방대한 이야기였다. 하지만 잠시 후, 기자진과 동석한 백발의 의학 전문가가 고개를 끄덕일 때는 모두 환호성을 내질렀다.

"여름아, 너도 이해돈 입국 영상 봤었지?"

미주의 물음에도 나는 여전히 영상에 시선을 둔 채 고개만 끄덕였다. 이런 광경은 여러 번 봤다고 결코 익숙해질 수 없으니까. 그때의 충격이 오죽 컸으면 나이가 든 지금 모습 대신 그때의 이해돈이 여전히 홀로그램 계정으로 소비되겠는가.

곧 이해돈에게 한 사회부 기자가 회심의 질문을 했다.

"이미 인간보다 유능한 안드로이드가 대부분의 일자리를 대체하고 있는 상황입니다. 자칭 모든 분야의 스페셜리스트라는 당신은 과연 어떤 점에서 그들보다 더 낫죠?"

이해돈이 젊은이 특유의 패기 있는 어조로 답했다. 커다란 손짓에서 넘치는 마음이 보이는 듯했다.

"우리는 보다 적극적인 사고가 가능하니까요. 로봇은 그저 요구받은 분야에서 최선을 다하지만, 우리는 누가 시키지 않은 일 너머까지 볼 겁니다. 왜냐하면 우리에겐 마음이 있으니까요. 인류를 사랑하고, 이토록 힘들게 문명을 일궈 낸 인류가 앞으로도 더욱 잘 살아가기를 바라는 마음이요."

그는 손을 들며 덧붙였다.

"그리고 제가 아니라 우리입니다, 기자님. 세상에 최초로 스페셜리스트가 등장한 사건을 보도 중이십니다. 과연 이 방송을 보는 이 중에 저와 같은 사람이 안 나올까요?"

짝짝짝, 제 본분을 잊고 여기저기서 감탄의 박수를 치는 기자들. 툭. 홀로그램 영상은 바로 그 절정의 순간에 끊겼다. 아, 왜? 하지만 아이들의 아쉬운 탄성은 곧 다른 무언가에 동요하는 소리로 바뀌었다.

"허!"

"저, 저기 봐."

아이들은 숨을 집어삼켰다. 어떤 아이들은 무심코 연

단 쪽을 삿대질까지 했다. 내 시선도 그쪽을 향했다. 거기에 그 사람이 서 있었다. 어슴푸레할 정도의 조명만 들어온 연단 위에 아무도 동행하지 않고, 그렇다고 영상과 같은 압도적 시각 효과도 없이 그는 조용히 뒷짐을 지고 있었다.

백발이 성성한 머리는 단정히 뒤로 빗어 넘긴 채였다. 그는 실험실 가운을 입은 채 트레이드마크인 구식 안경을 꼭 역사 인물처럼 코에 걸치고 있었다. 듣기로 아주 중요한 석상에서 항상 그런 차림을 한다고 했다.

이영찬 박사였다.

제트주사의 개발자이자 유일고의 교장이기도 한 그가 지금 연단에 서 있었다. 이해돈 영상 바로 뒤에 그가 등장한 맥락도 이해가 갔다. 그가 바로 이해돈의 아버지이기 때문이다.

그의 아들과 다르게 이영찬에게는 '미친 과학자'라는 이미지가 있었다. 세간의 관심과 질타를 동시에 받은 쥐 실험 이후, 이영찬이 제트주사를 처음 처방한 인간 실험체가 바로 그의 아들, 이해돈이었다. 이영찬은 심지어 그 실험을 인터넷 방송으로 생중계했다. 아직 이해돈이 갓난

아기인 시절이었다. 얇은 주삿바늘이 반쯤 살을 파고들고 나서야 사태를 파악한 아이의 이목구비가 잔뜩 찌푸려졌다. 이영찬은 그 방송을 통해, 이미 변화는 시작되었고 그건 매스컴이 막으려 해도 결코 막을 수 없다고 선언했다.

이후에도 이영찬은 자신의 행동을 그렇게 변호했다. 그러나 당시에는 인권유린이라는 강력한 비판이 따라왔다. 물론 후폭풍이 일기 전에 이영찬은 국외로 잠적했지만, 그가 남긴 공포의 그림자는 여전히 위세를 떨쳤다.

모든 것이 잘 해결되어 그의 사회적 지위가 모두 회복된 지금까지도 사람들은 이해돈을 좋아할지언정 이영찬은 조금 꺼리는 경향이 있었다.

미주도 딱 그런 어투로 속삭였다.

"왜 가만히 서 있을까?"

나는 이영찬을 꺼리는 사람들에게 뭐라 동조하기가 어려웠다. 일단 의심할 여지 없이 그의 업적은 대단했으니까. 실제로 스페셜리스트의 등장 이후 세상은 전에 없던 선진화한 과학 문명을 누리고 있었다. 게다가 이영찬은 일생일대의 발명품인 1형 제트주사를 전국에 거의 무상으로 제공했다. 그 덕에 아무리 가난한 집 아이라도 유일고에 도전해 볼 수 있었다.

하지만 내가 동조하기 어려운 진짜 이유는 바로 그의 눈물 때문이었다. 나도 한 네티즌의 귀신 같은 눈 덕에 발견했다.

조금 전 홀로그램 영상의 한구석에서, 잘 찾아보면 이영찬을 발견할 수 있다. 추레한 벙거지를 눌러쓰고 두툼한 외투 깃을 턱까지 올려 세운 모습이었지만 분명 이영찬이 맞았다. 그런데 그는 소리 죽여 울고 있었다. 한 손은 외투 깃을 포갠 채 입을 틀어막고, 다른 한 손은 재빨리 눈물을 훔쳤지만 지금보다 훨씬 젊은 두 뺨 위로 자꾸만 새로운 물기가 어렸다.

세상의 우려와 다르게 잘 자란 아들의 모습을 내보이며 이영찬은 행복했을까? 그래서 흘린 눈물이었을까? 어쩌면 그간의 수모가 조금은 해소되는 느낌이었을까?

어쩐지 내 눈에 이영찬은 퍽 슬퍼 보였다. 왜 그렇게 느꼈는지는 모르겠다. 이 영상을 처음 접한 게 벌써 한참 전의 일이니까. 그사이에 나는 언니 장례식까지 치렀다. 그러고 나니, 이제 슬픔이란 감정이 무엇인지 잘 가늠하기 어려웠다.

그때 이영찬이 입을 열었다.

"모두 지금 뜨는 화면에 집중해 주세요."

담백하고 깔끔한 어조였다. 그의 예고대로 곧 연단 뒤에는 한 문서의 내용이 비쳤다.

입학생 서약서

나 ＿＿＿은(는) 유일고를 무사히 졸업할 것을 약속하며, 포기하지 않겠습니다.

그 아래로는 계약을 어길 시 교육에 들어간 모든 돈을 변상해야 한다는 주의 문구가 작게 적혀 있었다.

"화면을 보고 눈을 세 번 깜빡이세요. 여러분의 홍채를 인식해 서명한 걸로 간주합니다."

비로소 이영찬이 우리를 강당으로 소집한 이유를 알게 되었다. 이건 학생들과 이영찬 사이의 계약이었기에 이영찬이 동석해야만 효력이 발생했다. 그 의도는 분명하고 합리적이었다.

"지금 이 자리가 많은 책임이 따르는 자리란 걸 아셨으면 합니다."

하지만 내 경우는 내용이 좀 걸렸다. '포기', 즉 자퇴는 금지라니. 내가 계획한 일이 금지 사항이었다.

주변에서는 너 나 할 것 없이 서둘러 눈을 깜빡였다. 다른 아이들이야 어차피 졸업하려고 온 학교니까 딱히 해가 될 게 없는 조항이었다. 무섭다며 잠시 투덜대던 미주도 눈만은 분명히 깜빡였다.

입 안이 바짝 말랐다. 일단 서명해야 하나? 이후에 사정을 설명하면 과연 이영찬은 이해해 줄 만한 사람일까? 이상하게도 이영찬이 내 쪽을 바라보는 듯한 기분마저 들었다.

바로 그때 이영찬이 입을 열었다.

"한여름 학생은 왜 서명을 안 하죠?"

허어, 나도 모르게 숨을 들이마셨다. 이성적 판단은 조금 후에야 작동했다. 아, 안드로이드 선생님들의 신원 조회 정보가 이미 이영찬에게도 넘어갔구나. 웃긴 건 그 순간 내 주변 아이들도 모두 나를 봤다는 것이다. 아까 미주와 서로 크게 통성명하고 대화를 나눈 탓이었다.

"그, 그게……."

모두의 이목이 내게로 예리하게 쏠리는 상황. 하지만

아무리 압박되는 상황이더라도 책임지지 못할 계약서에 서명할 수는 없었다. 그렇다고 진짜 속내를 말할 수는 더더욱 없었다. 땀방울이 등줄기를 타고 흘렀다. 내가 대답을 미룰수록 강당 안의 아이들도 덩달아 긴장하는 듯한 기분이었다.

그때, 뜻밖에 이영찬이 다시 입을 열었다.

"뭐, 다들 사정이 있겠죠. 그럼 입학식은 이걸로 끝내겠습니다."

이렇게 끝? 나는 상황을 받아들이지 못했다. 아이들도 나와 이영찬 쪽을 번갈아 보았다. 그러거나 말거나 이영찬은 담백하게 언행을 일치시켰다. 내가 다시 정신을 차렸을 때, 연단은 이미 텅 비어 있었다.

✳

선생님들을 따라 다동으로 이동할 때만 해도 나는 이 상황이 실감 나지 않았다.

겨울이라 해가 벌써 저물었구나. 와, 이렇게 땅값 상관없이 저층으로도 건물을 지을 수가 있다니. 2층이라도 무빙 경사로가 설치돼 있으니 불편할 건 없고. 혼자 쓰는 방이 무슨 우리 거실보다도 크네. 근데 용돈 시계는 왜 걸어가는 거지.

그렇게 단편적인 생각만 간혹 떠올랐다.

막 내 방 문간을 넘어갈 때였다. 그때까지 옆에서 조용히 따라오던 미주가 문밖에서 불쑥 손을 내밀었다. 그러고 보니 같이 오면서도 얘를 신경 못 썼네. 미주는 그저 해맑게 웃고 있었다. 얼결에 그 손은 맞잡았지만, 도대체 나를 향한 이 아이의 호감은 어떻게 생겨난 건지 여전히 의아했다. 곧 미주가 주변을 한번 살핀 뒤 말했다.

"다른 애들도 마찬가지겠지만, 나 진짜 공부 허투루 하지 않았어. 3년 후엔 누구보다 우수한 성적으로 졸업해서 ST돔에 들어가는 게 목표고. 미래의 이웃사촌끼리 미리 어울리면 좋잖아."

"그게 무슨 소리야?"

"너희 집은 이미 ST돔에서 살고 있을 거 아냐."

아, 그런 거였구나. 미주는 내가 언니 덕에 이미 ST돔에 산다고 착각하고 있는 듯했다. 언니의 입학 소식만 듣고 당연히 언니가 졸업했다고 믿은 거겠지. 그런데 이건 또 어떻게 해명해야 할지 당혹스러움이 먼저 스쳤다. 문 뒤에 작은 닫힘 버튼이 보인 것은 바로 그때였다.

"아……."

나는 벽을 짚는 척하며 그대로 버튼에 손을 댔다. 드르륵. 문은 어떤 사심도 없이 깔끔하게 움직였다. 곧 문이 완전히 닫혔다.

내가 어색하게 말했다.

"이, 이렇게 됐네? 우선 잘 자고."

문 뒤에서 한동안 대답이 없었다. 그래서 나는 미주가 그대로 간 줄 알았다.

미주는 다시 밝은 목소리로 말했다.

"그래. 난 3층에 있어."

하아. 그래도 끈질긴 성격은 아니라 다행이었다. 혼자 남겨지자 비로소 방 안의 가구가 눈에 들어왔다. 전에 쓰던 내 방만 한 고급 침대와 홀로그램 송출 공부 책상, 뇌파 촉진 음악이 탑재된 러닝 체어(learning chair)와 그 옆에 미리 들여놓은 짐까지. 나는 저 넓은 침대에 그대로 쓰러지고만 싶었다. 하지만 침대 위에 작은 선물 상자가 놓여 있었다.

이게 뭔가 싶어 상자를 열어 보니 손목시계와 주사기가 담겨 있었다. 상자를 여는 게 발동 조건이었는지, 곧 홀로그램 안내 문구도 떴다.

내일은 '상점 시계'를 차고, '2형 주사'를 맞은 후 등교해 주시길 — 이영찬

아, 그래서 용돈 시계는 걷어 간 걸까? 재빨리 시계부터 찼다. 이 모든 소동을 듣고 공감해 줄 사람은 형준이와 수아밖에 없다. 무엇보다 아까 낮의 일도 해명해야 했다.

그런데 아무리 홀로그램 화면을 뒤져 봐도 통화 버튼은 없었다. 결국 나는 탐색을 포기하고 다시 문가에 갔다. 열림 버튼을 누르니 아까와는 달리 문 위로 커다란 홀로그램 메시지가 떴다.

휴식 시간 중 외출은 금지합니다.

아까는 미주와의 대화를 피하느라 손대지 않은 버튼이었다. 그런데 애초에 열리지 않는 문이라니. 갑자기 호흡

이 가빠졌다. 최대한 침착하게 문을 두드렸지만 아무리 기다려도 돌아오는 건 침묵뿐이었다. 그러고 보니 방 안에는 개인 화장실과 배식 엘리베이터까지 모두 딸려 있었다. 완전히 폐쇄된 방 구조가 새삼 다시 보였다.

그렇게 십오 분 정도가 지나서야, 나는 이 침묵을 받아들여야 함을 깨달았다. 물론 그사이 할 수 있는 건 다 해 봤다. 인터넷 메일도 SNS 계정도 확인해 봤다.

'이 지역에서 새로운 글을 게시할 수 없습니다.'

하지만 모두 약속이나 한 듯 똑같은 오류 메시지가 뜰 뿐이었다.

소리를 지르고 싶었지만 가까스로 참고 내가 이곳에 온 이유를 재차 상기했다. 무언가 밝혀내려는 사람이 오히려 남들의 주의를 끌어서는 곤란했다. 그래, 십오 분. 다시 오 분만 버텨 보자고 다짐했다. 그나마 시간이라도 확인할 수 있어서 다행이었다. 으으, 후회할 거라던 수아의 예상이 벌써 적중한 것 같았다.

이제 상자 안에 남은 것은 제트주사뿐이었다. 보글. 투명한 액체 속 기포가 천연덕스럽게 수면에 닿았다. 입학생 서약서에서 봤던 주의 문구가 무서운 진짜 이유도 바로 여기에 있었다. 누구에게나 거의 무상으로 제공되는 1형 주사와 달리 2형 주사는 세상에서 가장 비싼 약물이라고 했다. 실제로 공부를 잘하게 해 준다는 주사였다.

그런데 서약서에 서명도 하지 않은 내가 이걸 맞아도 될까. 나는 덜컥 변상에 관한 걱정이 들었다.

나는 이영찬이 분명 언니의 진실과 관련되어 있다고 생각했다. 죽음과 같은 큰 사건이 일어났는데, 이 학교의 교장인 그가 모를 수 없을 테니까. 그런데 자꾸 그의 선처를 바라며 행동해도 되는 건지, 나는 확신이 없어 천천히 주사기를 집어 들었다. 주사기 안의 공기를 모두 빼내는 중에 주사액 한 방울이 바늘을 타고 흘렀다. 가져다 댄다고만 생각했는데, 어느새 주삿바늘은 내 왼쪽 팔뚝을 날카롭게 찔렀다.

누구에게도 의견을 물어볼 수 없는 상황에서 나는 언니를 떠올렸다. 10년 전 언니였다면 과연 어떤 선택을 했을까. 어쩌면 언니도 전화 한 통이 퍽 고팠을지도 모른다. 하지만 아무리 묻고 싶어도 죽은 사람은 말이 없다. 그렇기 때문에 내가 이곳에 왜 왔는지 다시 한번 절감했다. 아무것도 모르는 지금의 나에게 애초에 망상하거나 망설일

틈 자체가 없었다.

　결심이 섰고, 곧장 피스톤을 밀었다. 퍼져 나가는 주사
액에 온 팔뚝이 얼얼했다.

비밀 동아리
컨트롤제트

　꼭 산 채로 관에 갇힌 듯했던 첫날 밤이 지난 후 일주일
째. 나는 예상외로 학교에 잘 적응해 갔다. 첫날 문이 열리
지 않은 이유도 알 수 있었다. 상점 시계를 문 위의 홀로그
램 경고 문구에 가져다 대면 안드로이드 선생님과 대화하
는 창이 열린다고 했다. 그러면 외출 목적에 따라 상담 후,
문을 열어 줄 수 있다는 것이다.

　다만 메일이나 SNS 작성은 유일고의 보안 문제로 부
득이하게 이용할 수 없었다. 아쉬웠지만, 그래도 매주 안
드로이드 선생님을 통해 부모님께 안부 인사를 남길 수

는 있었다. 내 경우, 선생님들이 홀로그램 이해돈과의 상담을 대신해 상담해 줄 수 있다고도 했는데, 그건 거절했다. 그저 잘 도착했다는 말만 전했다.

지금은 미주가 날 복도로 이끌었다.

"근데 주사 효과는 언제 나타나는 걸까?"

그리고 미주한테는 언니가 졸업하지 못했다는 걸 아직 말하지 못했다. 이미 나를 유일고 전문가쯤으로 여기고 대단하다는 말을 연발하는 애였다. 가뜩이나 꺼내기 어려운 이야기인데 말하기는 더욱 어려웠다.

"적어도 2주는 걸리지 않을까. 제트주사도 호르몬을 다루는 건데."

"오, 그렇구나. 역시 여름이야."

"근데 어디 가는 거야?"

"매점. 가까워."

매점이라니. 나는 제대로 해명하지 못한 채로 미주와 계속 붙어 다니는 것이 불편했다. 그나마 매점이 1학년 층이라서 다행이었다. 뭐든 후딱 털어 넣고, 우물우물하는 통에 헤어져야지.

하지만 막상 도착한 그 앞은 아이들로 인산인해를 이

뒀다.

"다들 오늘 받은 거 쓰러 왔나 보다."

미주의 말처럼 아이들은 모두 1학년인 듯했다. 최근 학교에서 일주일 적응한 기념으로 상점 1점씩을 나눠 줬다. 학교에서 받은 상점은 매점이나 여가 시설에서 쓸 수 있다고 했다. 물론 나는 별로 신경 쓰지 않았다. 이곳에 상점이나 모으려고 온 게 아니니까.

그러거나 말거나 미주는 내 상점 시계를 받아 가더니 곧 아이스크림 하나를 들고 왔다. 포장지에 바닐라라고 쓰여 있었는데, 홀로그램 메뉴판을 확인해 보니 아이스크림류는 상점 2점에 해당했다.

미주가 내게 일회용 숟가락과 아이스크림을 먼저 건넸다. 내가 먼저 떠야 미주도 먹을 것 같아 작게 한 숟가락 떠먹었다. 미주가 내 표정을 살폈다. 어떤 맛인지 궁금해하는 것 같았다. 치, 아이스크림이 다 똑같지, 뭐……. 어라?

"차가워."

얼린 것이니 당연한 말이지만 그 이상으로 설명하기 어려웠다. 내가 알고 있는 바닐라 맛과 달랐고, 혀는 얼핏

새큼한 맛까지 감지했기 때문이다. 참신하기는 하지만 맛이 더 좋지는 않았다. 고작 이런 게 사람들이 선망하는 진짜 음식의 맛인 걸까. 그런 생각을 하고 있는데 아이들의 웅성거리는 소리가 들려왔다. 나 역시 아이들의 시선이 쏠린 곳을 확인했다.

매점에서 이것저것 주문하고 있는 한 남학생의 옆모습이 보였다. 얼굴빛이 꼭 바닐라 아이스크림처럼 뽀얗고, 눈썹이나 속눈썹 라인은 제트주사를 맞지 않은 것처럼 새카만 아이였다. 주문하는 중이라 눈빛은 꼭 고전 명화에 등장하는 사람처럼 무심했다. 하지만 표정과 따로 노는 장밋빛 혈색이 소년의 뺨이며 콧잔등을 감쌌다. 뒷머리는 푸르게 보일 정도로 단정하게 정리되어 있었다.

내가 무심코 물었다.

"우리 학년에 저런 애가 있었던가?"

"3학년 서재후 선배래."

나는 미주가 어떻게 아나 싶어 돌아봤다.

"2, 3학년 1등은 이미 조사 마쳤거든. 저거 봐, 상점이 엄청 많은가 봐."

미주 말처럼 서재후 선배란 사람은 빵과 과자를 왕창

샀다. 맛별로 비닐봉지가 가득했는데, 선배가 우리 앞을 지나갈 때 봉지가 아슬아슬하게 나를 스쳤다. 바로 그 순간, 선배가 나를 돌아봤다. 속도를 늦추지 않으면서 시선으로는 나와 부딪쳤는지 확인했다.

미주도 옆에서 소곤거렸다.

"진짜 대단하지?"

하지만 그 말에 대꾸할 수 없었다. 선배와 눈이 마주친 것만으로도 심장이 멎을 것 같았으니까. 첫눈에 반한다는 게 이런 느낌일까. 공교롭게도 그 순간 입 안의 아이스크림이 완전히 녹았다. 후욱. 들이마시는 숨으로 부드러운 꽃내음이 들어왔다. 묵직하고 심지어 진득하게까지 느껴지는 향이었다. 곧 선배가 내게서 시선을 거둬들였다.

"여름아, 괜찮아?"

미주가 내 이름을 불렀을 때 선배는 다시 한번 나를 돌아봤다. 이번에는 내가 먼저 황급히 고개를 돌렸다. 내내 선배 뒷모습을 좇던 걸 들킨 것 같았다.

내가 황급히 몸을 틀자 미주가 물었다.

"왜 그래?"

나는 아이스크림을 내밀며 좇아오는 미주를 밀쳐 내듯

떼어 놓았다.

그 후로 괜히 쉬는 시간마다 매점 쪽을 서성거렸다. 하지만 재후 선배를 다시 볼 수는 없었다. 하긴 그 정도로 많이 사 갔으니까 당분간 다시 매점 올 일은 없겠지. 잠깐만, 내가 지금 누굴 기다리는 거야?

지금 내가 집중해야 할 사람은 서재후가 아닌 이영찬이었다. 하지만 그 역시 다시 볼 수 없었다. 아마 직함만 교장일 뿐, 실제로는 연구하는 데 대부분의 시간을 쓰는 모양이다. 생각해 보면 교직원이 무려 안드로이드인데, 따로 학교 운영을 감시하거나 학생을 감독할 필요가 없을 것이다.

그를 다시 만나려면 어떻게 해야 할지 고민이었다. 소동을 일으키거나 다른 학년 층을 배회하는 것도 상상해 봤지만 이내 고개 저었다. 입학식 때도 생각했듯, 주의를 끄는 행동은 좋지 않은 선택이다. 게다가 그 행동의 의도도 너무 빤했다.

그렇게 생각이 막힐 때마다 이상하게 재후 선배의 모습이 떠올랐다. 홀로그램 이해돈을 좋아할 때와는 또 마음이 달랐다. 그건 어쨌든 과거의 모습이니까. 재후 선배와 마주쳤을 때의 감각은 훨씬 뚜렷했다. 낮이 뜨거워지고 심장이 빨리 뛰면서 솜털이 곤두섰다. 또 보고 싶은데, 홀로그램의 경우처럼 아무 때나 다시 볼 수도 없었다.

으아, 어른들이 제트주사 맞는 아이들의 연애를 우습게 볼 때만 해도 나는 바로 반박했다. 그러면 어른들은 성호르몬이 있어야 사랑하느냐고. 우리도 다른 또래처럼 해가 저무는 저녁 하늘을 보고, 쌀쌀한 운동장에 다시 훈풍이 불어오는 걸 느낀다고. 사랑은 바로 그렇게 시간과 계절의 변화 속에 찾아온다는 사실을 나도 잘 알고 있다고.

하지만 막상 내 감정에 관해서는 불확실한 것투성이였다. 1년 후면 졸업할 선배가 과연 나랑 알고 지내고 싶을까? 아니, 애초에 날 기억하지 못하는 게 아닐까? 이제는 선배와 내가 눈이 마주쳤던 것도 다 착각 같았다. 이영찬에게 접근할 방법에 집중해야 하는데, 자꾸 잡다한 생각이 머릿속을 헤집었다.

덕분에 가뜩이나 조금 자는 잠이 더욱 줄었다. 오늘은 마음을 진정시키고자 세계사 교과 내용을 책상 위로 띄웠다. 사실 조금 이상하다는 생각은 들었다. 아무리 머릿속이 복잡하기로서니 내가 공부를? 하지만 이내 홀로그램은 꼭 수문이 열린 댐처럼 내게 정보를 쏟아 냈다.

로절린드 프랭클린은 영국의 과학자로 흑연과 바이러스의 구조를 밝혀내는 데 결정적 역할을 했다. X선 회절 사진이 특히 유명한데, 그것은……

희한한 일이었다. 이해까지야 고사하더라도, 내용이 술술 읽히다니. 원래는 한 문장에 모르는 단어가 세 개 정도만 들어가도 독해 자체가 어려웠다. 이제는 꼭 뇌의 용량이 늘어난 것처럼, 처음 본 단어들을 머릿속에서 한쪽으로 치워 둘 수 있었다. 그렇게 한 서너 문단 뒤까지의 맥락을 읽으면 결국 몰랐던 단어의 뜻도 드러났다.

"그래서 X선 회절 사진이 DNA를 입증하는 데 유효한 거였구나."

그리고 내 착각이 아니라면, 나는 지금 로절린드의 학설을 얼추 따라가는 듯했다. 잠깐, 내가 이걸 어떻게 이해하는 거지?

다음 날, 가동 교실에 가 보니 우리 책상 위에 '고등수학 전 과정 통합본' 홀로그램이 떠 있었다. 교실 앞에 서 있던 안드로이드 선생님이 말했다.

"주사 효과를 느낀 학생들이 있을 거예요. 본 게임의 시간을 허투루 쓸 순 없으니까요."

본 게임이라니. 드디어 2형 주사의 효과가 나타나는 거구나. 이때까지는 교과가 비교적 여유롭게 편성된 이유도 알 수 있었다. 어차피 주사 이후의 공부 능률은 그 전과 비교가 불가능할 테니, 벌써부터 힘 뺄 필요가 없는 것이다.

그러면 오늘은 얼마나 공부하려나. 마침 궁금해하던 내용을 한 학생이 물었다.

"오늘은 몇 쪽까지 보나요?"

"전부 다요."

그 말에 놀란 내 눈이 안드로이드 선생님에게 향했다. 하지만 그의 입가는 진심 어린 듯한 미소를 띠고 있었다. 언제나처럼.

오직 두뇌 회전에만 에너지가 사용된다는 것이 2형 주사의 핵심이었다. 다시 말해 우리 몸이 최적의 수험생 모드가 된다는 뜻이다. 누군가는 밥도 해 먹어야 하고, 학비도 벌어야 하고, 대중교통도 왕복 두 시간씩 이용하며 시험공부를 해야 한다. 반면 누구는 열혈 부모님이 해 주시는 건강 식단에, 학원비 신경 쓰지 않고 온갖 수업을 받으며, 밀린 잠은 기사가 운전하는 차 안에서 잔다면? 전자와 후자 중 누구의 공부 효율이 높을지는 결과를 보지 않아도 뻔했다. 2형 제트주사는 우리 몸 스스로 이 정도의 높은 효율을 만들도록 유도했다.

실제로 경험해 보니 그 효과는 뭐랄까, 마법에 가까웠다. 갑자기 내가 수학 영재로 변신하는 주문에 걸린 느낌. 꼭 재밌는 소설을 읽듯 수학 교과서가 술술 넘어갔다. 그렇다고 허투루 본 것도 아니다. 매 단원이 끝날 때 푼 연습 문제에서 연신 정답을 기록했으니까. 나에게만 일어난 변화도 아닌 듯했다. 사각, 교실에는 곧 책장 넘기는 소리만이 가득 찼다.

결국 오후 일곱시쯤 되었을 때, 나는 선생님이 말한 할당량을 채울 수 있었다. 기어이 과거 학생들의 고교 3년 수학 과정을 단 하루 만에 떼고야 말았다. 고개를 들어 보니 이미 과반수의 자리가 비어 있었다. 너무 집중하느라 누가 들고 나는지조차 몰랐던 모양이다. 그제야 나도 의자에서 몸을 일으켰다.

터덜터덜 기숙사로 향할 때는 꼭 마시멜로 위를 걷는

듯 현실감각이 없었다. 초봄의 해는 완전히 기울어 있었다. 미적분, 그거 엄청 쉬운 거였잖아? 속으로 아까 배운 내용을 복기했다. 실소마저 새어 나왔다.

그날 밤, 나는 뜨거운 늪과 같은 잠에 빠졌다. 계속 더 깊숙이 빠져드느라 악몽도 꿀 새 없는 잠이었다. 의식이 마지막으로 닿았을 때 그런 생각을 했던 것 같다. 할당량을 잘 끝냈다고. 인생에 한 번쯤 이렇게 뿌듯한 경험을 해보는 것도 좋은 거 같다고.

다음 날 교실 책상 위에는 '통계학 입문 – 대학 공통 과정'이라는 새로운 홀로그램 교과서가 떠 있었다.

✳

처음에는 나도 쉬엄쉬엄하려 했다. 하루 할당량을 채우지 못하면 벌점이 부여되는 제도도 나를 겁먹게 하지는 못했다. 어차피 나는 졸업할 것도 아니었으니까. 다만 언니가 지냈던 패턴을 따라해 보고는 싶었다. 그러면 당시 언니의 상황과 심정을 더 잘 이해할 수 있을 것 같아서 한두 번 정도만 시도하려 했는데…….

한번 달리기 시작한 기차에서 의외로 쉽게 내릴 수가 없었다. 벌점보다 즉물적인 감각 때문이었다. 꼭 기차처럼 내 앞에는 항상 앞 칸의 탑승객들이 있었다. 심지어 그들은 내가 매일 얼굴을 보는 반 아이들이었다. 하루만 숨을 고르고 다시 탑승하라고? 머리로는 아는데 마음으로 따르기 어려웠다. 여기서 하루 차이면 해석할 수 있는 세상의 깊이가 달라졌으니까.

결국 어마어마하게 쌓인 피로를 오롯이 다 감당해야 했다. 너무 지치면 다른 생각도 잘 나지 않았다. 언니에 관한 추가 조사는 과연 어떻게 해야 할지, 그 문제는 다시 내일로 미뤄 둔 채 결국 그날 밤도 나는 깊은 잠에 빠지고 말았다.

똑똑.

어두운 정적을 가르는 소리에 놀라 깬 것은 그로부터 얼마 지나지 않은 새벽이었다. 내가 잘못 들었나? 다시 잠을 청하려는데, 다시 똑똑. 더 이상 내 귀를 의심할 수 없었다.

"누, 누구세요?"

내 목소리가 가늘게 떨렸다. 그럴 수밖에 없었다. 착각이 아니라면 문 두드리는 소리는 복도가 아닌 더 가까운 쪽, 바로 방에서 들려오는 듯했기 때문이다. 방에 누가 들어왔나? 누운 자세로 눈을 굴리던 그때.

"나야, 미주. 이 문 좀 열어 줄래?"

비로소 목소리의 주인과 위치를 알 수 있었다. 나는 긴 가민가하는 마음으로 급식용 엘리베이터 쪽으로 다가갔다. 아무리 생각해도 그 안에서 나는 소리였다. 내 방에서 문이라고 불릴 만한 건 오직 벽난로처럼 생긴 그 엘리베이터 문뿐이었으니까. 살짝 그 문을 두드리자 안에서 다시 똑똑 소리가 들려왔다.

"다른 방 출입 시 벌점 1점인 거 몰라?"

나는 문을 열어 주지 않았다. 교칙을 핑계로 들었지만, 사실 그냥 싫었다. 한밤중에 음식 드나드는 통로를 이용하는 집념이라니. 그동안 바빠서 소홀했기로서니 이번에는 미주가 선을 넘은 듯싶었다.

"아, 그게 어떤 사교 모임 때문인데. 학교엔 들키지 말고 오라고 해서 어쩔 수 없이……."

"누가?"

"그건 비밀이랬어. 네가 꼭 가야 하는데……."

나는 존재도 모르는 모임에서 왜 나를 오라고 해? 얘는 정 원하면 혼자 갈 일이지 왜 두 번 세 번 부탁하고? 순간 이상한 촉이 발동했다.

"설마 너, 나도 데려간다 약속했니?"

그리고 이어지는 뜻밖의 정적. 가슴 아래쪽에서 무언가 욱 솟구쳤다.

"네가 왜? 우리가 무슨 사이라고?"

말을 뱉고 나서 아차 싶었다. 저쪽에서는 아무런 답이 없었다. 설마 이대로 가 버린 건가? 하아, 아무리 미주가 제멋대로 굴었다고 이렇게까지 화낼 일은 아니었는데. 쏟아지는 공부량에 스스로 갈피를 잡지 못해 생긴 스트레스를 미주한테 푼 느낌이었다. 나는 곧장 침대로 가지 못하고 엘리베이터 문에 기대듯 주저앉았다.

철문을 사이에 두고 천천히 체온이 느껴진 것은 그로부터 얼마 뒤였다. 곧 미주가 입을 열었다.

"너, 내가 되게 속물적이라고 생각하지?"

"어, 미주야……."

"우리 부모님 자영업자셨거든."

뜻밖에 미주는 가족 이야기를 꺼냈다.

"너도 잘 알 거야. 요즘 같은 세상에 자기 가게 차리는 빈민이 어떻게 되는지. 우리 집도 똑같이 망했어. 옷을 떼다 팔아도 음식을 해도 기성품이랑 가격경쟁이 안 되는데, 어떻게 살아남겠어? 빈곤층 중에도 극빈층. 그것도 스스로 욕심내다 말아먹은 거니, 동정의 여지도 없는 한심한 사람들."

내 착각이었을까. 그때쯤 얇은 엘리베이터 철문이 조금씩 떨려 오는 듯도 싶었다.

"억척스러워 보여도 이해해 줘. 더 노력하면 나도 너처럼 될 수 있을 것 같아서 그래. 그러니까 좀 봐주면 안 될까? 당장은 탐탁지 않아도, 좀만 어울려 줄 수 있잖아."

"아니야, 미주야. 실은 나도……."

"이 문 좀 열어 주라, 제발."

미주는 거의 울먹이고 있었다.

＊

엘리베이터 내벽에 박힌 사다리를 한참 기어오르고 나서야 나는 우리가 기숙사가 있는 다동 꼭대기로 향하고 있음을 알았다. 꼭대기 층에는 주로 3학년이 머물고 있다고 들었는데 도대체 어디까지 가는 걸까. 하지만 많은 걸 물어볼 수 없었다. 이동 중 소음이 신경 쓰이기도 했고, 사다리는 따라 오르는 것만으로 숨이 찼으니까.

내가 한계를 느낄 때쯤 드디어 평지로 접어들었고 곧 문 하나를 두드렸다. 또독, 똑. 내 문을 두드릴 때와는 다르게 특정한 리듬이 있는 방식이었다. 바깥쪽의 반응도 나보다 훨씬 빨랐다.

"신입생들이구나. 조용히 잘 왔어?"

"각자 엘리베이터 문에 뭐 끼워 두는 거, 잊지 않았지?"

"문 닫혀 버리면 난리 나는 거 알지?"

질문이 쏟아졌지만 대답할 틈이 없었다. 순간적으로 퍼져 오는 밝은 빛과 고소한 과자 냄새에 뇌가 절여질 지경이었다.

곧 내 방과 다를 것 없는 구조의 방이 눈에 들어왔다. 제일 먼저 방 중앙에 벌여 놓은 과자 봉지가 보였고, 얼핏 그 주변에 둘러앉은 열네댓의 학생이 보였다. 혼자 쓰기에 넉넉했던 방이 아이들로 빽빽하게 들어차 있었다.

그런데 어째 그 몰골이 좀…….

"혹시 연극부인가요?"

불쑥 튀어나온 내 질문에 선배들은 폭소했다. 아닌가, 그럼 뭔데? 스펀지를 울룩불룩 티셔츠 안에 욱여넣은 남자애부터 꼭 죽마처럼 긴 나무 막대에 발판을 대고 올라선 여자애, 색조 화장을 진하게 하거나 코밑에 수염을 그려 넣은 애까지. 내 상식으로 그 모습들을 달리 설명할 방법이 없었다.

"어떻게 보면 연극도 맞지."

"비밀 동아리 컨트롤제트야. 비밀, 흐흐."

"우리가 뭐 하는 동아리인지도 안 알려 줬어, 회장?"

회장도 있는 건가. 때마침 한 남학생이 무리 가운데로 나와 섰다. 무심코 돌아본 시선이 일시 정지한 듯 그에게 박혔다. 나에게도 퍽 익숙한 얼굴이었다.

"여름아, 많이 놀랐지? 미주도 오늘 처음 출석이라 어색할 테고."

어라, 저 사람이 어떻게 내 이름을 알아? 순간 머리 회전이 멈추는 듯한 느낌이었다. 그러면 미주를 통해서 나를 여기로 부른 사람이…….

얼어 있는 내게 그는 제 가슴을 짚어 보였다.

"아, 소개가 늦었다. 나는……."

"서재후 선배."

무심코 혼잣말이 튀어나왔다. 어쩔 수 없었다. 상상의 영역에만 존재하던 선배가 갑자기 내게 말을 걸어왔으니까. 재후 선배는 잠시 멈칫하더니, 이내 눈썹을 들었다 내렸다. 돌같이 차가운 사람일 거라고 생각했는데 의외로 유연했다.

그 뒤로 나는 반쯤 넋이 나가 있었다. 신입생 환영회 기념 가장무도회라느니 주사를 끊은 뒤 성인이 됐을 때를 모습으로 꾸며 보라느니, 모두 친절한 말이었지만 내게는 모깃소리만큼 성가시게 들렸다. 나는 그저 재후 선배를 엿봤다. 먹색의 오버사이즈 정장을 위아래로 갖춰 입고 허리띠 아래까지 내려오는 긴 넥타이를 맨 선배는 어딘가 쓸쓸해 보였다. 꼭 어른의 세계를 너무 빨리 알아 버린 소년 첩보 요원 같달까.

옆을 보니 미주도 어울리는 코랄빛 색조로 화장하는 중이었다. 가만히 서 있는 내게 재후 선배가 다가왔다.

"혹시 지금 네 모습이 좋다면 달리 꾸미지 않아도 좋아."

세심하게 챙기는 모습까지 전부 의외였다. 나는 고개를 끄덕이고는 이내 방 안의 분장 용품을 뒤졌다. '좋아하는 모습'이라는 선배의 말에 떠오른 아이디어가 있었기 때문이다.

잠시 후 내가 선배 앞에 검사받듯 마주 섰다. 머리에는 꽃무늬 스카프를 두르고 눈에는 잠자리 선글라스를 낀 채였다.

"이게 네가 좋아하는 모습이야?"

재후 선배의 물음에 자신 있게 고개를 끄덕였다. 이어서 이 복장의 의미를 설명해 주려던 찰나 한 선배가 모두에게 물었다.

"다들 준비된 거지?"

그 선배가 러닝 체어를 이리저리 조작하기 시작하자 방은 금세 낭만적인 음악으로 채워졌다. 러닝 체어에서 나올 거라고 생각지도 못한 중간 박자의 춤곡이었다. 나는 경이롭다는 듯 재후 선배를 바라봤다.

그가 제 손을 스윽 내민 건 바로 그 순간이었다. 손바닥은 공손히 위로 향한 채였다.

맹세컨대 여기서 빼면 나 한여름은 진짜 열 살짜리라

놀림받아도 할 말 없었다. 나는 살포시 선배 손에 내 손을 올렸다. 이미 촉촉하게 올라온 땀이 걱정되긴 했지만, 지금은 그게 중요하지 않았다. 그리고 그 사소한 걱정마저도 이내 말끔히 사라지고 말았다. 춤을 조금 춰 보자 곧 재후 선배가 지독한 몸치라는 걸 알았기 때문이다.

나도 배워서 추는 건 아니었지만, 재후 선배는 그 방면으로 재능이 전혀 없었다.

"지, 진짜 미안."

내 발을 다섯 번째 밟았을 때 선배의 표정은 안타깝다 못해 고통스럽게 일그러졌다. 나는 사실 그 모든 게 그저 재밌었는데, 고개를 돌려 보니 아마 다른 이들도 그랬던 모양이다. 한 모임의 회장이라는 사람이 격 없이 망가지는 모습을 모두가 숨죽여 지켜봤다. 이제 그 사실을 모르는 사람은 땀을 뻘뻘 흘리며 춤추는 당사자밖에 없었다. 그러다 음악을 담당하는 선배가 곡의 빠르기를 한 단계 높였을 때, 결국 모두 웃음보가 터졌다.

"이러기야?"

그제야 선배도 주변을 둘러보고 한 손으로 제 얼굴을 가렸다. 도망치듯 방 가장자리로 가려는 재후 선배의 어깨를 내가 양손으로 붙잡았다. 꼭 말뚝 박듯 힘을 주어 선배를 세워 놓은 뒤, 나는 빙글빙글 그 주변을 돌았다. 딱히 요령 있는 춤사위는 아니었지만 재후 선배에게 쏠렸던 짓궂은 관심을 내게 끌어올 수는 있었다.

꼭 달이 지구를 공전하듯 나는 선배의 주변을 돌고 또 돌았다. 내 시야에 흑색으로 톤이 낮춰진 세상이 휙휙 지나갔고, 그중 절반에 선배가 있었다. 미처 표정을 살필 수는 없는 속도였다.

그때쯤 음악이 더 빨라졌다. 나는 아예 제자리에 멈춰서 빙글빙글 돌았다. 주변의 박수 소리가 흔들리는 내 균형 감각을 가까스로 유지시켜 주었다. 머리에서 스카프가 자꾸 흘러내렸다. 자꾸 올려 쓰기도 귀찮아 아예 스카프를 집어 던졌다. 와아아. 약속이나 한 듯 큰 환호성이 터졌다. 음악은 점점 더 빨라졌다.

결국 휘청하고 스텝이 꼬이고 말았다. 그대로 몸이 뒤쪽으로 기울었다.

그때 등 뒤에서 누군가 나를 안듯 받아 주었다. 고개를 들어 보니, 상대는 다름 아닌 재후 선배였다. 코끝에 걸린 선글라스 너머로 선배의 표정이 보였다. 선배의 웃음은 총천연색이었다.

✲

창밖은 이미 어둠의 농도가 옅어 있었다. 꼭 잠수함에
탑승한 것처럼 모든 풍경이 침침한 물색이었다. 정말 이
렇게 밤을 새우다니. 온몸이 뻐근했다. 두 눈이 꼭 뻥 뚫린
것처럼 보이는 모든 것을 노력 없이 주워 담았다. 방 안의
분위기도 잠잠해졌다. 이제 아이들은 삼삼오오 모여 작고
비밀스러운 이야기를 주고받고 있었다.

내 옆에서 미주가 속삭였다.

"역시 공부 잘하는 사람들이 놀기도 잘해. 다음 주부터
는 본격적으로 모이겠지?"

그제야 미주의 오해를 짐작할 수 있었다. 미주는 아마
이 모임의 가입 조건이 성적인 줄 알았던 것이다. 재후 선
배도 전교 1등이고, 특히 나를 ST돔 출신으로 알고 있으
니까. 나는 지금이 미주에게 내 진실을 말할 때라고 생각
했다.

"미주야, 실은 나……."

재후 선배가 우리에게 다가온 건 바로 그 순간이었다.

"컨트롤제트가 뭐 하는 동아리인지도 안 알려 주고 너무 몰아붙였지?"

미주와 내 고개가 모두 그에게 향했다.

"말 그대로 '컨트롤 플러스 제트(Ctrl + Z)', 실행 취소를 표방하는 동아리야. 제트주사를 맞는 지금 관행에 동의하지 않고, 그 이전으로 돌아가자는 소리지."

동아리 이름이 그런 뜻이었구나. 어안이 벙벙한 와중에 미주가 먼저 입을 열었다.

"잘 이해가 안 되는데요. 주사는 공부를 잘하게 도와주잖아요."

"그럴 필요가 없는 수준까지 잘하게 해 주지. 생각해 봐. 하루에 한 과목씩 떼야 성공하는 세상이라면 그 성공의 요건 자체가 잘못된 걸지도 모르잖아."

과연 나는 제트주사의 열렬한 추종자까지는 아니었다. 그런데 세상이 잘못된 것이 주사 탓이라니. 재후 선배의 말은 너무 거대해 잘 실감이 나지 않았다. 미주가 받은 충격은 나보다 더 큰 듯했다.

"시험 족보 돌려 보는 비밀과외 모임이 아니고요?"

하지만 재후 선배는 눈을 동그랗게 뜰 뿐이었다. 황당해하는 표정만 봐도 결코 그쪽은 아닌 듯했다.

미주가 말했다.

"저, 그럼 잘못 부르신 거 같은데……. 여기 여름이만 해도 당장 ST돔 살고요."

"뭐라고?"

왜 선배 목소리가 커지지? 하지만 의아함도 잠시, 나는 곧 미주의 집요한 시선을 마주했다. 꼭 내가 직접 대답해 보라는 듯한 눈빛이었다. 이상하게 고개가 아래로 향했다. 잠시 후 나는 작은 목소리로 말했다.

"나 거기 안 살아. 우리 언니 유일고 졸업 못 했거든."

하, 이렇게 실토하려던 게 아닌데. 꼭 변명처럼 목소리가 기어들어 갔다. 힐끗 살핀 미주의 낯빛은 시시각각으로 변하다 결국 도끼눈이 되었다. 속이려는 의도가 아니었다고 더 설명해야 했을까? 하지만 그럴 새도 없이 미주는 엘리베이터로 뛰어들었다.

"미주야!"

미주를 따라가려던 나를 재후 선배가 붙잡았다.

"여름아, 넌 계속 나올 거지?"

선배 손아귀에 잡힌 내 옷깃이 보였다. 반사적으로 이를 뿌리치려던 그때.

"새봄 누나가 만든 거야, 이 동아리."

멈칫. 내 움직임이 저절로 멈췄다. 도대체 무슨 소리를 하는 거야? 그런데 다시 올려다본 재후 선배의 표정은 이상하리만치 쓸쓸했다.

그날 이후 미주와는 좀처럼 대화할 기회가 없었다. 미주가 먼저 사라지고 나서야 내가 미주 방 위치를 모른다는 사실을 깨달았다. 항상 미주 쪽에서 내게 찾아와 줬기 때문이다. 쉬는 시간에 찾아간 미주는 언제나 공부에 열중이었다. 나를 본 체도 하지 않았다. 그 조용한 교실 한복판에서 재차 말을 걸며 소동 피울 수는 없었다.

유일고 입학시험 석차가 공개된 건 그때쯤이었다.

100등. 한여름

100명의 입학생 명단 가장 끝줄에 내 이름이 적혀 있었다. 반면 미주는 그래도 중하위권이었다. 내가 다시 미주네 반을 찾아갔을 때, 미주에게는 새로운 친구들이 붙어 있었다. 꼴찌 어쩌고저쩌고하며 킥킥대는 아이들 사이에서 미주가 나를 힐끗 넘겨보는 모습을 똑똑히 보았다.

아무리 서운해도 성적 가지고 사람을 창피 주다니. 석차 게시물 아래 쓰인 '다음 월말 평가에서 50등 올리는 사람에게 특별 소원권을 제공함'이라는 말도 크게 위로가 되지는 않았다. 성적이란 건 너무 객관적인 나머지 더 낮은 사람이 높은 사람에게 찍소리도 못 하게 하는 힘이 있었다.

그 뒤로 나도 미주를 찾아가지 않았다. 그래도 컨트롤 제트는 꾸준히 나갔다. 동아리는 내가 이곳에 온 진짜 목적을 상기시켜 줬으니까. 언니가 제트주사에 반대하는 모임을 꾸렸을 줄 꿈에도 몰랐다. 그러니 이 모임을 알게 되어 들어온 것만 해도 큰 수확이었다.

게다가 내가 동아리에 나가는 이유는 하나 더 있었다.

'시험 전에 어떻게든 이영찬과 접촉해야 하는데. 우리가 보고 싶다고 멋대로 볼 수 있는 상대가 아니고, 무리하게 찾아가면 오히려 오해를 살 거고…….'

지금 제 머리를 헝클어뜨리고 있는 저 사람, 바로 재후 선배에게 아직 확인해 볼 것이 있기 때문이다. 이제 선배들은 중간고사 어쩌고 작전에 대해 말하고 있었다. 이 학교는 3월과 5월에 월말 평가, 4월에 중간고사, 다시 6월에 기말고사를 보는데 그중 4월을 기점으로 무언가 하려는 모양이다. 재후 선배는 동아리 회장이었기에 그 고뇌의 크기가 더 큰 듯 보였다.

다른 선배들에게 재후 선배가 1년 유급생이라는 사실을 들었다. 보통 아이들과는 다르게 자발적으로 유급을 선택한 케이스라나. 비로소 선배가 우리 언니를 아는 이유도 설명됐다. 4년 전 입학생이라면 언니와는 1년 정도 학교 다니는 시기가 겹쳤겠지.

하지만 여전히 석연치 않은 부분이 있었다.

회의가 끝난 후, 나는 선배에게 다가갔다.

"좀 궁금한 게 있어서요."

지친 와중에도 선배는 순순히 고개를 들어 내 말을 경청했다.

"저를 왜 동아리에 초대하신 거예요?"

"그야 이 동아리를 너희 언니가 만들었으니까."

"자매끼리 믿는 바가 다를 수도 있잖아요. 게다가 미주는 그냥 탈퇴하게 됐으면서, 저한텐 없으면 안 될 사람처럼."

　순간 선배 입매에 힘이 들어갔다. 말할 수 없는 이야기
와 말해야만 하는 이야기가 입 안에서 줄다리기하는 듯했
다. 하지만 결국 내가 들어야 하는 이야기가 나올 거라고
믿었다. 어쩐지 선배는 나처럼, 말을 돌려 할 줄 모르는 사
람 같았다.

　그리고 역시나 선배에 관한 내 짐작은 잔인하리만치
정확했다.

　"내가 많이 좋아했어, 새봄 누나를."

중간고사 팝업
대작전

　재후 선배와 대화한 후, 내가 가장 많은 공을 쏟은 것은
바로 공부였다. 단순히 꼴찌를 면하기 위한 노력만은 아
니었다. 실은 첫 시험에 가장 낮은 성적을 받은 게 차라리
다행이다 싶었다. 내가 70등만 됐더라도 게임은 훨씬 어
려워졌을 테니까.

　어떻게든 50등을 올려 이영찬과 개인 면담을 요청할
생각이었다. 교장 선생님이며 동시에 위인이기도 한 그와
만나는 것은 그리 수상한 소원이 아니었다. 이 생각을 품
게 된 데는 재후 선배도 한몫했다. 선배 앞에서 언니의 사

인을 짐작하자, 선배가 반론했기 때문이다.

"자살이라니. 새봄 누나가 그런 선택을 했을 리 없어."

선배가 이어 말했다.

"오히려 타살을 의심해 봐야지. 나도 공교롭다고는 생각했어. 하필 이영찬에게 반대하는 학생 단체의 회장이 이영찬의 학교에서 죽음을 맞이하다니. 실은 내가 학교에 여전히 남아 있는 이유도 바로 그거야."

언니를 위해서 유급을 자발적으로 택한 거라고? 내 딴에는 다 털어 내고 싶어서 한 말이었다. 선배에게 품은 내 감정이 뭐 얼마나 크다고, 거기에 연연하느라 언니에 대한 조사를 늦추고 싶지 않았다. 언니의 죽음을 함께 의심해 줄 사람이 생겼으니 차라리 다행이라고 믿고도 싶었다.

하지만 언니의 의지며 강단을 이유로 사인을 부정하는 재후 선배의 말을 결코 덤덤히 들을 수 없었다. 애초에 잘 와닿지 않기도 했다. 자살할 만한 사람이 과연 따로 존재하는 걸까? 선배는 언니에 대한 좋은 기억 때문에 언니를 과도하게 치켜세우고 있었다. 나도 그 마음이 이해는 가지만, 그런다고 증명되는 건 진실이 아닌 한 소년의 열렬

함뿐이었다.

결국 모든 것은 이영찬을 만나야만 뚜렷해질 듯했다. 내가 그런 이유로 열심히 성적을 올리는 동안, 동아리의 계획도 착착 진행되어 갔다. 귀동냥으로 듣기로는 계획의 목표와 한계는 확실해 보였다.

"이미 영상은 다 편집해 놨어. 배포만 가능하면 될 텐데."

동아리에 처음 참여한 날 음악 담당이었던 선배의 말이었다. 그 선배가 해킹이나 편집에 관련한 일 전반을 담당한다고 했다. 우리가 첫날 들었던 음악도 실은 러닝 체어에 내장된 학습 보조용 음악을 그 자리에서 믹싱한 거라고 했다.

"시험지 해킹 말고 다른 방식은 어때? 아니면 일정을 좀 미루거나."

한 선배의 말에 다른 선배가 고개를 저었다.

"오프라인 전단을 준비해 봤자 우리 정체를 숨기며 배포할 방법이 없을 거야. 게다가 우리 다 알고 있잖아. 시험 두 번만 치러도 얼마나 다른 문제엔 관심이 없어지는지."

그 말에 선배들 모두 고개를 끄덕였다.

선배들이 준비하는 것은 일종의 온라인 전단이었다. 그 내용을 본 적은 없지만, 대충 동아리를 홍보하는 내용의 홀로그램 영상이 시험문제에서 튀어나온다고 했다. 솔직히 좀 뻔하다는 생각도 들었다. 문제는 그걸 어떻게 끼워 넣느냐였다. 그때, 재후 선배가 앞으로 나섰다.

"일단 내가 준비한 건 이거야."

모두의 시선이 선배의 손으로 쏠렸다. 그는 꼭 비누처럼 네모난 금속을 쥐고 있었다.

"스마트폰이라고, 과거에 사용하던 월급 시계 같은 거야."

나도 들어 본 적이 있다. 로딩 속도도 느리고 범용성이나 용량 면에서도 많이 떨어져 오히려 그 명칭이 우스워진 과거의 발명품. 최근에는 오히려 여기에 중요한 정보를 저장하는 사람이 늘었다고 했다. 손목시계 보안을 강화할수록 이를 해킹하는 수법까지 함께 발전하니까, 구식의 저장소가 차라리 더 안전하다는 이유에서였다. 굳이 과거의 발명품을 도전 과제로 삼는 해커는 없었다.

재후 선배 역시 이와 비슷한 이야기를 하고 있었다.

"그동안 해킹 시도가 모두 실패한 걸로 봐서 이영찬도

여기에 시험문제를 보관할 가능성이 커. 그리고 구형 걸쇠라면 역시 구형 열쇠로 뚫어야지."

선배는 자신이 블루투스 기능을 개조했다고 말했다. 블루투스란 특정 주파수를 이용해 비교적 가까운 거리에서만 통하는 개인 통신망을 만들어 내는 기술이다. 과거에 보통 같은 기종의 스마트폰끼리 빠르게 사진을 공유하는 데 사용했다는데, 선배는 이를 '강제적 교환'이 가능하도록 바꿨다고 했다.

"우린 이영찬 몰래 정보를 심어 놔야 하니까. 대신 정보 공유의 방향까지 특정할 순 없었어. 일단 가까이만 가면 그쪽 폰에 우리 동영상이 담기듯, 우리 쪽에도 시험문제가 담기겠지."

모든 설명을 마친 선배의 낯빛이 다시 어두워졌다. 아까도 말했듯 '가까이 가면'이라는 조건을 충족시키기 쉽지 않았으니까. 선배들은 모두 재후 선배를 위로했다. 거기까지 준비한 것만도 잘한 일이라고, 분명 기회가 찾아올 거라고 했다. 재후 선배는 고개 저으며 우선 이 장비는 자기가 보관하겠다고 했다.

하지만 내게는 모두 아득하게 느껴졌다. 회의가 진행

되는 순간에도 내 눈은 빠르게 넘어가는 홀로그램 교과서에서 떨어지지 않았다. 한 문제라도 더 풀어 봐야 했다. 그래도 동아리 활동 덕분에 밀려드는 잠을 이겨 낼 수 있었다.

그러니까 며칠 뒤 3월 첫 월말 평가에서 '47등. 한여름'이라고, 무려 53등이나 석차가 오른 것은 결코 우연이라고만 할 수는 없는 결과였다.

＊

이영찬과의 면담 일은 공교롭게도 중간고사 하루 전날로 잡혔다. 그때까지도 선배들은 명확한 방법을 찾지 못했다. 내가 이영찬을 만난다는 사실은 끝까지 숨길 계획이었다. 언니가 만든 단체라니. 컨트롤제트가 도대체 뭘하는지 알아보고는 싶었으나, 그 일에 앞장서고 싶지는 않았다.

하필 면담 전날 밤, 꿈에 언니가 나오기 전까지는 분명 그랬다. 익숙한 장례식장 풍경이었다. 꿈인 걸 의식해서인지 이번에는 언니에게 다른 질문을 할 수 있었다.

"도대체 컨트롤제트는 왜 만든 거야? 왜 한 거야?"

하지만 이어지는 예의 그 반문.

"무사히 졸업만 했으면 엄청 부자 되는 건데."

내가 단어를 바꿔 물어도 언니는 같은 답만 내놓을 뿐이었다.

무사히 졸업만 했으면, 무사히…….

그 답답한 꿈에서 깨어나 문득 생각했다. 사고가 없기만을 바라며 다른 책임에 눈길도 주지 않는다는 건 참 언니답지 않은 대답이었다. 이래서는 언니에 관한 그 어떤 정보도 알아낼 수 없었다.

그 순간 내가 해야만 하는 일이 확실해졌다. 어쩌면 꿈을 통해서 언니가 내게 옳은 방향을 제시해 주는지도 몰랐다.

다음 날 점심시간에 나는 가동 4층으로 향하는 계단을 올랐다. 미주는 절대 4층에 올라가지 말라고 했다. 상점 시계는 벌점이 쌓일수록 점점 손목을 옥죄는데, 종국에는 손목이 절단돼 죽은 귀신이 이곳에 출몰한다는 것이다. 미주야 우리 언니가 바로 그 '공포의 유급생'임을 모르고 한 소리였다. 하지만 미주가 느끼는 거부감만큼은 나도 절실히 공감했다.

걸음마다 쌓인 먼지가 기분 나쁘게 푹신했다. 빛이 약한 형광등은 계단참의 가장 깊숙한 곳을 여전히 어둠 속에 남겨 두었다. 애초에 왜 4층만 무빙 경사로가 설치되지 않았는지 모를 일이었다. 시야가 좀 흐린가 싶었는데, 아닌 게 아니라 공기 중에 부유하는 먼지의 입자가 꽤 컸다.

"심하다."

저절로 혼잣말이 새어 나왔다. 그만큼 4층 환경은 열악했다. 청소 상태도 엉망이고 창문도 적어 거의 빛이 들어오지 않았다. 저 멀리 '3학년 11반' 팻말이 보였다. 그 앞으로는 똑같이 생긴 정체불명의 철문이 죽 늘어섰다.

"무슨 일이야, 여름아?"

맹세컨대 재후 선배가 먼저 내 손목이라도 잡았다면 그대로 주저앉았을지도 몰랐다. 심지어 재후 선배의 목소리도 조금 가라앉아 더 낯설게 느껴졌다. 다행히 선배가 좀 침울해진 이유는 내가 잘 알고 있었다.

"스마트폰 주세요. 제가 해 볼게요."

이어서 내가 자초지종을 설명하자 곧 차분한 재후 선배의 얼굴에도 어쩔 수 없이 화색이 돌았다. 아, 더 이상

신경 쓰지 않으려 했는데. 이건 예상치 못한 귀여운 모습이다.

"기억해, 두 스마트폰이 충분히 가까이 가야만 블루투스 전송이 시작될 거야. 약한 진동이 울릴 테니까 스마트폰을 굳이 주머니에서 빼 볼 필요도 없고. 일 분 정도 걸릴 거야. 그동안은 안 들키게 해야 해."

스윽, 선배는 주변을 한번 살피더니 내게 스마트폰을 건넸다. 나는 더 살펴볼 것도 없이 바로 바지 주머니에 넣었다. 막상 넣고 나니 점심시간이 아직 한참 남아 있어 홀랑 헤어지기도 뭐했다. 무슨 말을 꺼내야 할까. 목적이 있을 때보다 공기가 한층 더 무거워졌다.

곧 재후 선배가 말했다.

"3학년 11반, 구경시켜 줄까?"

나는 얼른 고개 저었다. 언니가 공부하던 곳이 이런 분위기였다니. 층 입구가 이런데 반 내부는 어떤 식으로 생겨 먹었을까. 원래 이곳을 들여다보러 이 학교에 온 거지만, 당장은 더 들여다볼 엄두가 나지 않았다. 대신 나는 철문을 가리켰다.

"저건 다 뭐예요?"

"아, 기숙사 방이야. 3학년 11반은 생활도 4층에서 하거든."

과연 열악하구나. 나는 그나마 기숙사 동으로 이동하는 시간에 한숨 돌리게 되던데, 이들은 그런 시간조차 없었다. 한편으로 재후 선배는 그럼 어떻게 가동에서 벗어나 다동에서 하는 동아리 활동에 참여하나 걱정됐지만, 묻지 않았다. 이 열악한 환경을 견디고 있는 것만 봐도 선배는 여전히 언니를 좋아하고 있을 테니까.

결국 앞뒤도 없이 머리를 꾸벅 숙이고 자리를 벗어났다. 그러지 않으려 해도 자꾸 걸음이 빨라졌다.

"네가 위험할 거 같으면 그만둬, 언제든."

그러나 선배의 목소리는 또 눈치 없이 따뜻했다.

✳

이영찬의 집무실은 나동 입구에서도 몇 겹의 문을 지나서야 도착할 수 있었다. 자동문이 더 편리할 텐데, 문가에서 직접 문을 열어 주는 안드로이드 선생님을 보며 저절로 심장이 조여들었다. 대단히 중요한 사람과 단둘이 만난다는 것이 실감 났다. 이토록 삼엄한 경비 속에 나는 비밀 임무까지 짊어지고 있었다.

마지막 문을 열자마자 익숙한 나무 향과 온기가 풍겨 왔다. 별로 좋아하는 향은 아니었지만 이 공간에 퍽 어울 린다고 생각했다.

창문에는 연갈색의 얇은 커튼이 드리워져, 실내는 온 통 커피색으로 물들어 있었다. 바닥부터 내벽까지 모두 원목으로 된 방이었다. 그리 넓지 않아도 가구는 모두 고 급이었다. 한쪽에는 사무 책상과 진열장, 가운데에 한 쌍 의 가죽 소파가 놓여 있었다. 살아 있는 동물의 피부라고 믿어도 좋을 정도로 광택이 생생한 가죽이었다. 진열장에 는 각종 조류의 박제가 놓였는데, 오히려 생전 모습을 그 대로 복원해 놓은 그쪽이 덜 생생할 정도였다.

안드로이드 선생님들이 조용히 문을 닫고 나갔다. 그 때까지만 해도 나는 아직 이영찬이 도착하지 않은 줄로만 알았다. 진열장 한편에서 역시나 박제된 듯 뒷짐을 지고 서 있던 그의 존재를 나는 조금 나중에 알아챘다.

"아, 안녕하세요. 잘 어울리시네요."

제풀에 놀라 괜한 칭찬까지 곁들였다. 곧 이영찬도 나

를 돌아봤는데, 붉은 계통의 편안한 스웨터 차림이었다.

"왜, 잘 때도 박사 가운을 입을 줄 알았나?"

뜻밖에 그의 어조는 입학식 때보다 한결 부드러웠다. 나는 더 시간을 끌 필요가 없다고 생각했다.

"잠시 방을 좀 구경해도 될까요?"

대답은 듣지 않았지만 마음이 급해 몸은 이미 소파 쪽으로 움직이고 있었다. 이럴 때는 앳된 외모도 도움이 됐다. 제멋대로 호기심을 보이는 내 모습이 키 큰 아이들이 그러는 것보다 덜 어색해 보이리라.

꼭 가죽의 질을 확인하는 사람처럼 소파를 스윽 쓸며 천천히 걸었다. 우선 팝업 작전을 먼저 끝마칠 생각이었다. 언니 이야기는 자칫 어디로 튈지 모르니 그걸 먼저 물으면 다른 계획을 펼치기도 전에 면담이 종료될 수도 있었다.

한편 이영찬은 의심 없이 느긋하게 소파에 앉았다. 소파 앞 협탁에서 다기를 꺼내 찻잔에 내 몫과 자기 몫의 찻잎을 덜었다. 찻물은 주전자를 기울이는 동시에 끓었다. 졸졸졸, 따끈한 물이 찻잎을 때리는 소리가 먼발치에서도 명랑하게 울렸다. 나는 이영찬의 앞으로 다가서서 찻잔을 받아 들었다. 괜히 그 주변을 서성거렸으나 주머니 속에서는 여전히 진동이 느껴지지 않았다.

나는 마지막으로 진열장 쪽으로 향했다. 다른 꿍꿍이를 숨기느라 입이 멋대로 움직였다.

"와, 대단하네요."

"과연 매드 사이언티스트답지?"

내 시선이 멈칫 이영찬에게 향했다. 이영찬은 전혀 개의치 않는다는 투로 말했다.

"과학의 발전을 위해 동물실험은 불가피해. 생명 경시니 하는 비판은 감내해야겠지만, 그게 두렵다고 더 나은 미래를 미뤄 둘 순 없었단다."

"종류가 다양하다고는 생각했어요."

이상하게 이영찬이 너무 진심이라는 생각이 들었다. 덩달아 내 목소리도 차분하게 가라앉았다. 어서 임무를 끝내고 이영찬과 대화해 보고 싶었다. 전체적인 분위기 때문이었을까. 어쩐지 그와는 대화가 통할 듯한 느낌이 들었다.

하지만 아무리 죽은 새를 헤아려 봐도 주머니에서 진동은 울리지 않았다. 새들의 텅 빈 동공 아래로 분명 진짜 찻잎을 사용했을 홍차만이 깊은 향을 풍기며 식어 갔다. 스마트폰이 여기 없나 보다, 막 그렇게 단념하며 마지막으로 걸음을 옮기던 그때.

지이이잉.

주머니에서 떨림이 분명하게 느껴졌다.

순간 이영찬의 눈치를 살폈다. 아무 말이라도 떠들고 있을걸. 이 안이 지독하게 고요하다는 자각이 뒤늦게 들었다. 다행히 그는 무언가 들은 눈치가 아니었다. 나는 다시 진열장을 엿봤다. 한껏 날개를 펼친 독수리와 머리를 모로 기울인 올빼미가 하나같이 텅 빈 시선으로 나를 노려보고 있었다. 아아, 이쪽이었구나.

그때 이영찬이 전보다 경직된 어조로 말했다.

"계속 그렇게 구경만 할 거면 이만 나가 주지. 나는 면담이 여름 양의 중요한 소원이라 생각해서 응했던 거니까."

"아, 아니요."

당장 그에게 다가가 해명하고 싶었다. 하지만 한 걸음 전만 해도 스마트폰은 울리지 않았다. 그 말인즉슨 이 자리를 조금만 벗어나도 정보 교환은 실패할 거란 뜻이다.

게다가 이영찬은 좀 있다가 이야기하겠다는 식의 변명이 통할 사람 같지 않았다. 하, 결국 그걸 물어볼 수밖에 없나? 좀 자연스럽게 묻고 싶었는데. 하지만 다른 선택지는 남아 있지 않은 듯했다.

"제가 면담을 신청한 이유는, 저희 언니를 아시나 여쭤보고 싶어서였어요."

이영찬은 대답 대신 찻잔을 협탁에 스윽 내려놓았다. 그리고 곧장 자리에서 일어났는데, 다행히 이쪽으로 다가오지는 않았다. 도대체 뭐지? 하지만 의아함도 잠시, 그는 이내 나를 돌아보고는 90도로 고개를 숙였다.

"교, 교장 선생님."

"우선 사과가 늦었네."

이후 이어지는 그의 말은 내가 파악한 성격대로 가감이 없었다.

"새봄 학생의 죽음에 대해 그동안 여름 학생에게 거짓말을 했어. 사고가 아니었네. 그건 자살이었어. 하지만 이 학교를 운영하는 난 그 사실을 언론에 보도할 수 없었네. 그래서 여름 학생의 부모님과 거래했지."

"자, 자살 그리고 거래라고요?"

이영찬이 고개를 끄덕였다.

"새봄 학생의 죽음을 사고로 덮는 대신 그 댁의 다음 자녀는 꼭 3년 안에 졸업시키기로 말이야."

"졸업이라니 그 당시 저는……."

순간 호흡이 저절로 스읍 삼켜졌다. 스치는 깨달음이 있었기 때문이다.

"제 입학이 내정돼 있던 거군요?"

이영찬은 무겁게 고개를 끄덕였다. 이제 그의 얼굴은 자칫 우스워 보일 정도로 일그러졌다. 그가 손짓까지 섞어 가며 한결 빠르게 말했다. 마치 고해할 기회를 얻은 눈치였다.

"나는 여름 학생에겐 미리 말해 줘야 한다고 주장했어. 하지만 부모님이 여름 학생이 언니를 많이 따랐다며 일이 다 잘 풀리고 나서 전해 줘도 늦지 않다고 해서……."

이영찬은 제 이마를 한 손으로 짚었다. 꼭 밭두렁처럼 이리저리 홈이 파인 피부. 한 노인의 손등은 그의 안면보다 더 주름이 많았다.

"원인 제공자는 나야. 날 원망해도 할 말이 없네."

도저히 말을 지어내는 사람 같지는 않았다. 오히려 이

렇게 술술 말하는 걸 보면 그도 내가 먼저 묻기를 기다렸던 거겠지. 나는 반사적으로 자살의 원인을 물어보려다 그만두었다.

아, 하긴. 당장 오늘만 해도 나는 가동 4층 정경을 목격하지 않았던가. 심지어 나는 괜히 트라우마에 휩싸일까봐 3학년 11반은 구경조차 하지 않았다. 그런 공간에서 자신의 부족함을 자책하며 장장 7년이라니. 물어보지 않아도 세상이 싫어지는 이유야 뻔할 듯했다.

그리고 그 죽음에 물론 이영찬의 책임도 있었다. 학생이 그 지경 될 때까지 보살피지 않았고, 학교와 자기 이익을 위해 사실을 왜곡했다. 하지만 역설적으로 자신의 책임이라 밝힌 사람도 그가 처음이었다. 솔직히 그보다도 부모님에게 더 소름 끼쳤다.

"저랑 살 붙이고 살면서도 거짓말하셨다니."

"어떤 사실은 받아들이기가 너무 힘들지. 하지만 이미 벌어진 일에 고통받고만 있으면 뭐가 남겠나."

이영찬은 다시 협탁 밑으로 손을 스윽 넣었다. 거기에서 미리 준비한 듯한 종이 한 장을 꺼냈다.

"입학 서약서네. 처음엔 여름 학생의 특수한 상황 때문에 서명을 강요하지 않았지만, 내 욕심으론 계속 학교에 다녔으면 해. 무려 50등을 올렸잖아. 물론 여름 학생의 목표를 나도 짐작하네. 날 만나야만 했겠지. 하지만 50등 상승은 그런 의지만으로 아무나 할 수 있는 일이 아니야. 어쩌면 재미도 있었겠지. 내가 묻겠네. 전에 없는 속도로 지식을 쌓아 가면서, 여름 학생은 그 과정이 싫기만 했나?"

나를 바라보는 그의 눈빛은 형형하게 빛났다.

"내 감히 말하네만 앞으로의 나날을 잘 살아가는 게 남은 우리가 할 수 있는 최선이야."

이영찬이 나에게 다가왔다. 그 모든 설명이며 제안이 너무 깔끔해서 뭐라 입을 뻥긋하기가 어려웠다. 그가 내게 서약서를 내밀었다. 바로 그 순간 지이이이잉, 다시 한 번 주머니에서 진동이 울렸다. 그리고 이번에는 이영찬의 귀에도 그 소리가 닿은 듯했다.

"방금 무슨 소리가……."

나는 대답 대신 서약서를 낚아챘다. 엉겁결에 그에게 고개 숙였다.

"며, 면담 고맙습니다."

그 뒤로는 출입구를 향해 도망치듯 걸었다. 그저 중추

신경이 그렇게 지시할 뿐 머릿속이 온통 하얘져서 도대체 내가 무엇으로부터 도망치고 있는지도 몰랐다. 내가 왜 그에게 고맙다고 했을까. 뒤늦은 후회는 문손잡이를 잡았을 때야 들었다.

황급히 나오느라 문밖에 사람이 있는 줄도 몰랐다. 그대로 내 쪽에서 엉덩방아를 툭 찧었다.

"한여름?"

익숙한 목소리. 눈을 들어 보니 과연 상대는 강미주였다. 얼굴에 불쾌한 기색이 역력했다. 설마 얘도 소원으로 교장 선생님 면담을 요청한 걸까? 멍하던 머릿속으로 적나라한 부끄러움이 가장 먼저 침투했다. 지금 여기서 뭘하는 거야, 강미주 앞에 널브러져서. 비로소 팔다리에 힘이 들어갔다. 나는 그대로 몸을 일으켜 뒤도 돌아보지 않고 달렸다.

＊

그날 밤 컨트롤제트에 참석하지 않았다. 마음이 복잡했고 해킹에 사용한 스마트폰도 어딘가에서 잃어 버렸기 때문이다. 스마트폰이 남아 있어야 제대로 정보 교환이 완료됐는지 알 수 있을 텐데, 지금은 이 모든 상황을 남에게 설명할 수 없을 정도로 정신이 없었다.

하지만 그런 나도 예외 없이 중간고사는 봐야 했다. 다음 날 교실에 앉아 시험문제를 푸는 동안 도무지 집중할 수가 없었다. 자살과 거래라는 말이 자꾸 머릿속을 맴돌았다. 우선 전화로 부모님에게 따져 볼까 했지만 이번 주 연락이 가능한 날이 아직 사흘이나 남았다. 사정을 설명해 통화 기회를 얻어 낸다고 해도 안드로이드 선생님이 대신 전하는 소식에 과연 내 화가 고스란히 담길까?

그 와중에 시험은 월말 평가보다도 훨씬 어려웠다. 그렇게 양자역학과 비트겐슈타인의 화풍을 망라하는 문제를 풀던 중 예상치 못한 홀로그램 팝업이 떴다. 시험 화면에 박혀 있던 아이들의 고개가 일제히 허공을 향했다. 천장의 홀로그램은 점점 커지더니 아예 반 전체를 감쌌다. 처음은 과거 학교 정경이었다. 교복을 입고 급식실에서 밥을 모여 먹던 학생들. 아마도 우리 부모님이 학교 다니던 시절쯤의 풍경이었다.

곧 화면은 동네 학원가로 바뀌었다. 한 남학생이 앞서

가던 다른 남학생에게 달려가 낚아채듯 어깨동무했다. 화면은 다시 바뀌었다. 흙이 날리는 운동장, 한 여학생이 뒷발질로 아슬아슬하게 운동장 골대에 골을 넣자 우레와 같은 환호가 터졌다. 모두 그 학생에게 달려오느라 모래 먼지는 한층 더 뿌옇게 일었다. 이제 장소는 퀴퀴한 옛날 노래방. 가로세로 3미터도 안 되는 그 공간에서 학생 서너 명이 미친 듯 몸을 흔들었다. 눈앞에서 송골송골 맺힌 그 아이들의 땀방울까지 튀는 듯했다.

다시 또 다른 교실의 모습이 겹쳤다. 이제는 하지 않는 미술 실기 수업이 한창이었다. 한 남학생이 자꾸 아그리파 조각상이 아닌 다른 쪽을 흘끔거렸다. 그의 캔버스에 조각상보다 훨씬 선이 몽글몽글한 앞자리 남학생의 옆모습이 담겼다. 다음으로는 뉘엿뉘엿 석양이 지는 하굣길의 놀이터였다. 그네에 앉은 여학생 둘은 발밑의 흙만 계속 찼다. 곧 한쪽의 아이가 말없이 다른 쪽의 그넷줄을 당겼다. 마침 빌딩 사이로 낮게 깔리는 태양빛이 이어지는 그들의 실루엣을 붉게 감쌌다.

영상 마지막에 검은 화면 속 기울어진 폰트가 떴다.

꽤 잘했네. 처음 든 생각은 이거였다. 무엇보다 영상의 톤에 놀랐다. 대작전이니 홍보니 해서 뭔가를 대단히 주장하는 뻔한 영상일 줄 알았는데, 의외로 서정적이었다.

주위의 소음은 그제야 들려왔다.

"자, 다들 시험에 집중해 주세요."

안드로이드 선생님으로서는 최고 수준으로 심각한 표정이었다. 아이들도 그들의 지침에 따르려 애썼다. 하지만 나는 보았다. 다시 원가 관리 문제를 풀고 있는 듯 보였지만 분명 호기심으로 반짝이고 있는 아이들의 눈동자를. 홀로그램은 이제 아이들의 머릿속에서 재생되고 있었다.

방과 후, 기숙사로 걸어가던 중 누군가 내 옆으로 다가왔다. 고개를 돌려 보니 재후 선배였다. 설마 오늘 팝업 작전 때문인가? 그렇게 생각해도 좀 의외였다. 우리는 조폭이 아니라며 동아리에 나오지 않는 학우를 찾아가지는 말자고 말한 장본인이 바로 선배기 때문이다. 그래서 동아리를 나간 미주에게도 아무 조치를 하지 않았었다.

내 옆에서 재후 선배는 달려오느라 들뜬 숨을 간신히

눌렀다.

"어떻게 한 거야?"

나는 재후 선배의 눈빛을 살피며 그가 꺼낸 화제를 유추했다.

"독수리랑 부엉이 박제 아래, 진짜 이영찬의 폰이 있더라고요."

"그랬구나, 정말 다행이다."

그러고 보니 재후 선배 목소리에는 꼭 달리기 때문만은 아닌 들뜬 기색이 담겨 있었다.

"그런가요?"

반면 내 목소리는 착 가라앉았다. 재후 선배 눈빛이 내 기분을 읽으려는 것처럼 보였다. 결국 내가 부연했다.

"그냥, 이 정도면 할 만큼은 다 해 본 거니까요."

맹세컨대 처음에는 그냥 둘러대려고 꺼낸 말이었다. 하지만 한번 말문이 트이자 결국 더 많은 이야기가 쏟아져 나왔다. 이영찬에게 확인해 본 결과 선배가 말한 것과 다르게 언니는 자살한 게 맞았다고. 이제 언니가 물려준 동아리를 굴리는 일 외에 선배는 실질적으로 언니를 위해 뭘 어떻게 해 줄 수 있냐고. 어쩌면 나는 누구든 따질 사람이 필요했는지도 모른다.

내 말을 들은 선배의 뺨이 떨리고 있었다. 하지만 내 어투보다는 다른 데 충격을 받은 듯했다.

"네 말대로 새봄 누나가 그렇게 된 거라 쳐. 그게 오롯이 누나의 탓이야? 왜 이영찬이 죽음을 숨겼다는 데만 네가 화를 내는 거 같지?"

"제가 언제 언니의 탓이라고……."

"너도 가동 4층 환경을 봤잖아. 3학년 11반은 더 끔찍한데 너는 들여다보려고 하지도 않더라."

그 말에 괜히 찔려 더 발끈했다.

"공간이 원래 그렇게 생겨 먹은 걸 저더러 어쩌라고요?"

"원래 그런 건 없어. 그 모든 걸 총괄하는 게 누군데? 매점 음식이 상점으로 주어지는 보상이면 열악한 환경은 벌칙이라고 보는 거야? 도대체 그런 잣대가 세상에 어디 있어?"

선배가 왜 내 앞에서 언니의 죽음을 슬퍼하는 사람이 자신뿐인 양 구는지 모르겠다. 물론 그게 선배의 추모 방식이리라 믿었다. 하지만 거기에 나를 끼워 넣는 건 곤란하다. 나를 앞에 두고 언니에게 못다 푼 어떤 감정을 자꾸 떠올리는 듯한 선배를 더는 견디고 싶지 않았다.

"그럼 선배는 계속 동아리 하세요. 어차피 전 그만두려 했으니까요."

내 말에 선배의 호흡이 눈에 띄게 흔들렸다.

"하지만 새봄 누나가 만든 동아리인데?"

"글쎄요. 전 언니가 아니니까요."

그렇게 대화는 끝났다. 선배는 오히려 자신이 상처받았다는 듯한 표정을 짓고 있었다. 마침 해가 얼굴을 비추는 고도로 내려왔다. 하지만 현실의 태양은 우리 두 사람의 그림자를 길게 갈라놓을 뿐이었다.

그날 밤 나는 침대에 앉아 생각했다. 이영찬이 진실을 말했다. 언니는 자살했고, 나는 그때가 한참 지난 지금에서야 부모님이 내게 말하지 않은 진실을 알게 됐다. 부모님은 언니의 죽음을 숨기는 대가로 내 입학을 약속받았다. 덕분에 나는 이곳에 있지만 오늘 중간고사를 죽 쒔고 오는 길에 재후 선배를 완전히 실망스럽게 만들었다. 언니의 사인을 알게 된 마당에 별로 중요한 일은 아니지만, 그 모든 복잡한 생각이 결국 하나의 의문으로 수렴됐다.

나는 왜 눈물을 흘리지 않는 걸까?

언니의 진실을 밝히고 석연치 않은 부분만 걷히면 감정이 터져 나올 줄 알았다. 하지만 정작 나는 지금 멀쩡했다. 괜히 애먼 데 화내기나 하고. 도저히 슬픔에 온전히 빠지지 못했다.

어쩌면 이 학교에 온 것 자체도 언니에 대한 마음이라기보다는 부모님에 대한 반발심 때문이라는 생각이 들었다. 그냥 물어봐도 될 것을 부득불 입학까지 감행하며 혼자 분을 푼 치기에 비해 언니에 관한 기억은 훨씬 옅었다. 실은 영정 속의 무뚝뚝한 얼굴만 기억날 뿐 이제 언니의 다른 표정은 잘 떠오르지 않았다.

슬프다. 슬프다는 게 어떤 감정일까. 일상에서 조금씩 서운해지는 사소한 순간 말고, 가족 누군가가 나를 떠나거나 배신하는 큰일에는 도대체 어떻게 반응해야 하는 걸까. 아무리 떠올려도 명확해지지 않는 문제를 자꾸 생각하니 괜히 머리만 아팠다. 그러다 문득 이영찬의 말이 떠올랐다. 앞으로의 나날을 잘 살아가는 게 남은 우리가 할 수 있는 최선이라고.

과연 이영찬은 재후 선배의 말처럼, 그런 뻔뻔한 말을

할 만큼 분명한 악인이었다. 그러나 어떤 면에서 그가 같은 문제에 나보다 훨씬 더 이성적으로 대처한다는 생각도 들었다. 적어도 그는 나처럼 다른 누군가를 걸고넘어지지는 않았으니까. 그는 내게 오롯이 나를 위한 결정을 내려야 한다고 말했다.

어쩌면 바로 지금이야말로 정말 그런 결정을 내려야 할 때인지도 모른다.

책상 서랍에서 평소에 잘 쓰지 않던 볼펜을 꺼내 들었다. 잉크를 한 번도 쓴 적이 없어 몇 번 손바닥에서 굴린 후에야 검은 선이 그어졌다. 그대로 주머니에서 꺼낸 서약서를 펴들었다. '나 ＿＿＿은(는) 유일고를 무사히 졸업할 것을 약속하며, 포기하지 않겠습니다.' 비어 있는 공간에 내 이름 석 자를 또박또박 적어나갔다.

서명이 끝난 후에는 출입문에 상점 시계를 대고 안드로이드 선생님을 불렀다. 당장 결단하지 않으면 다시 의지가 옅어질 듯싶었다. 그래, 어쩌면 이게 옳은 선택일 거야. 이미 희미해진 기억이라면 그냥 과거에 묻어 두는 게 맞겠지.

나는 언니도 내가 잘 지내기를 원할 거라던 엄마의 말

을 떠올리며 다시 한번 마음을 다잡았다. 물론 조만간 부모님과는 언니의 일을 속인 것에 대해 한 번 더 대화해 봐야겠지만, 우선은 이게 맞는 선택 같았다.

아마 컨트롤제트는 이제 더 못 나갈 것이다. 그러나 유일고에는 계속 다니기로 마음먹었다. 이번에는 언니 때문이 아니라 온전히 나를 위해서 내린 결정이었다.

소집, 휴가 그리고 소집

다음 날 아침, 전교생이 강당으로 소집됐다. 1학년만 모였을 때보다 더욱 꽉 찬 강당의 정경이었다. 하지만 그 누구도 입을 뻥긋하지 않았다.

일은 어제 낮 시험 시간에 터졌고, 학교에서는 그날 우리가 잠자리에 들 때까지 별다른 공지나 경고의 말이 없었으니까. '이거 어떤 방식으로 혼내려고 이렇게 뜸을 들이나' 하고 다들 좌불안석이었을 것이다. 연단에 말없이 이영찬이 등장했을 때, 사레들린 학생도 있었다. 이영찬은 기침 소리가 멎을 때까지 그저 가만히 기다렸다.

"좋은 날, 너무 얼어붙어 있군요."

그가 느릿느릿 고개 저었다.

"어제 시험 때의 일이라면 학교에선 괘념치 않습니다. 모든 반에서 동시다발적으로 벌어진 일이라니, 형평성은 지켜졌겠군요."

과연 이영찬이었다. 선배들 딴에는 대작전이라고까지 생각한 일을 그는 별것 아니라는 듯 넘어갔다. 게다가 끝까지 평가의 형평성을 신경 쓰는 교육자적 태도라니. 이렇게 되면 학교가 악덕하다고 말하던 영상의 목소리가 도리어 힘을 잃었다.

"짧은 휴가겠지만, 부모님도 만나고 편한 시간을 보내고 오길 바랍니다. 제가 여러분을 소집한 건 이것 때문입니다."

이렇게 되면 동아리 입장에서는 큰 낭패라고 무심코 생각하다가 고개를 저었다. 그래, 이제 내가 관여할 일도 아니고.

게다가 오늘은 이영찬의 말대로 휴가이기도 했다. 유일고에는 따로 방학이 없었다. 대신 1년에 네 번, 각각 중간고사와 기말고사가 끝난 다음 날 하루 집으로 가 쉴 수 있었는데, 이를 '휴가'라 명명했다. 그 짧고 귀한 시간을 더 이상 학교에서 고민하느라 허비할 수 없었다.

소집이 끝나고 곧장 짐을 챙겨 교문으로 나갔다. 나가는 길에 안드로이드 선생님들이 걷어 갔던 용돈 시계를 돌려주었다. 실로 오랜만에 교문 밖으로 나왔다. 벌써 택시를 잡아타는 아이들이 보였다. 유일고 입구는 대로변과 가까워 언제든 지나가는 무인 택시를 잡아탈 수 있었다. 나 역시 막 멀리서 다가오는 택시에 손짓하는데 누군가 내 옆에 섰다.

"야, 한여름."

나를 부른 건 강미주였다. 반사적으로 눈이 마주쳤지만 다시 택시에 집중했다. 하지만 아까 다가오던 택시는 이미 다른 학생이 탑승한 후였다.

"너한테 할 얘기가……."

오늘 미주는 웬일인지 끈질겼다. 하지만 저도 내 뒷담화를 했으면 서로 비긴 셈이니까 더 이상 미주와 대거리하고 싶지 않았다. 나는 곧 다가오는 택시 쪽으로 뛰어가며 그 상황에서 벗어났다. 택시 문을 닫고 보니 미주는 여전히 내 쪽을 바라보고 있었다.

뭐야. 하지만 더 신경 쓰지 않기로 했다. 지금은 앞으로의 일에 대비하는 것만도 뇌가 터질 듯했다.

오랜만에 보는 바깥의 정경이건만 나는 이를 본 둥 만 둥 했다. 용돈 시계에는 내가 잘 출발했는지 묻는 부모님의 메시지가 계속 도착했다. 시계도 아예 무음으로 돌려놨다. 앞으로 나눌 이야기가 너무 많아 도저히 일상적인 대화를 먼저 주고받을 수 없을 것 같았다.

현관문을 열 때까지만 해도 입 안이 까슬까슬했다. 잘못한 건 내가 아닌데 왜 운 띄울 걱정까지 해야 하는 걸까. 그런 생각을 하는데 마침 부엌에서 나오던 엄마가 나를 발견했다. 엄마가 짐짓 눈살을 찌푸렸다.

"일주일에 한 번도 연락을 안 하니, 너는?"

그 소리를 들은 아빠 역시 뒤따라 나왔다.

"잘 왔어, 우리 딸. 고생 많았지?"

딱 두 사람다운 반응. 그 평화로운 모습이 오히려 내 살갗을 긁었다.

"왜 숨겼어?"

"그게 무슨……."

그러나 아빠의 목소리는 저절로 끊겼다. 아빠가 반문

하는 순간 내가 아빠를 화살로 겨누듯 재빠르게 노려봤으니까.

"언니 자살, 교장 선생님한테 들었어."

내 말에 엄마는 우선 나를 밥상 앞에 앉히고 아빠와 함께 내 맞은편에 앉았다. 레트로트 된장찌개에 명란 향을 곁들인 합성 달걀찜, 인공육을 푹 고아 만든 갈비찜과 아빠표 비타민 무침까지. 오랜만에 딸이 집에 온다고 갖은 정성을 쏟은 음식이었다. 하지만 그 누구도 수저를 들지 못했다. 된장찌개에서 피어나던 김도 옅어질 때쯤, 엄마가 말했다.

"우린 그게 최선이라고 생각했어. 넌 어렸고."

"언니의 죽음을 이해할 만큼은 성숙했어. 그 이후에도 기회는 많았고."

"네가 학교를 무사히 졸업하면 얘기해 주려 했어. 그 전엔……."

"애써 성립시킨 거래가 도루묵이 되면 안 되니까?"

말을 내뱉고 나서 아차 싶었다. 하지만 달리 더 부드럽게 물을 방법도 떠오르지 않았다. 지금 나는 대가를 받고 언니의 죽음을 묻어 버린 일에 대해 말하고 있으니까.

엄마는 무겁게 고개를 끄덕였다.

"그래. 이미 딸 한 명을 잃었고 남은 딸이라도 잘 살게 할 기회를 붙잡았냐 물어보는 거라면, 맞아. 엄마는 그렇게 선택했어."

아빠가 이어서 말했다.

"게다가 네가 말한 건 사실과 달라. 여러 차례 거래를 먼저 제안한 건 이영찬 쪽이야. 여름이 너한텐 일단 이 사실을 말하지 말라고 얘기한 것도 그 사람이고."

뭐라고? 나는 다시 엄마 쪽을 바라보자 역시 고개를 끄덕일 뿐이었다. 도대체 누구 말이 맞는 거야? 순간 머리가 복잡해지다가 이내 그 진위가 다 뭐가 중요한가 싶었다. 객관적으로는 낯선 타인과 부모님이 서로 다른 이야기를 하는 상황인데, 쉬이 부모님을 믿을 수 없었다. 부모님은 그만큼 내게 신뢰를 잃었다.

"여름아, 당장은 힘들겠지만……."

엄마의 말이 끝나기 전에 나는 그대로 자리를 박차고 일어났다. 집에 돌아온 지 채 한 시간도 되지 않았는데, 벌써 특유의 훈훈한 공기가 부대꼈다.

도피해 봤자 내 방으로였다. 그래도 두 달 만인데, 홀랑 학교로 가 버리는 건 너무하다 싶었다. 게다가 학교로 간다고 해도 멀쩡히 다시 일상에 복귀하기 어려울 것 같았다. 분명 혼자 끙끙 앓다가 재후 선배 때처럼 애먼 사람에게 화를 내리라.

누구에게든 마음을 좀 털어놓고 싶었다.

침대에 앉아 용돈 시계를 열었다. 수아와 형진이에게서 수백 통의 메시지가 와 있었다. 아, 분명 이들에게는 내가 먼저 사과해야 하지만 시간의 간극을 메울 엄두가 나지 않았다. 나는 대신 더 속 편한 스페셜-홀로를 클릭했다. 불행 중 다행인지 오늘 이해돈에게서는 역한 나무 향이 풍기지 않았다.

"무슨 일이야, 표정이 안 좋아 보여."

"묻지 마. 설명할 힘도 없으니까."

말은 그렇게 했지만 홀로그램을 끄지는 않았다. 잠자코 나를 기다리는 이해돈은 편안했다. 그는 나를 속이거나 실망스럽게 만들지도, 역으로 내게 실망하거나 설명을 요구하지도 않았다. 그는 언제나 나를 위해 존재했다. 나는 좀 뜬금없는 이야기부터 꺼냈다.

"좋아하는 사람이 생겼어."

"지금 나한테 고백하는 거야?"

"재후 선배라고, 엄연히 존재하는 사람이거든? 우리 학교 선밴데, 모르겠어. 같이 비밀 동아리 활동 같은 걸 해서 더 설렜던 건지. 안 될 걸 알면서도 마음이 점점 커지더라."

"왜 안 된다고 생각하는데?"

이어지는 이해돈의 질문에 나는 침묵할 수밖에 없었다. 그야, 선배는 언니를 좋아했고 언니는 이미 죽은 사람이라 제대로 경쟁조차 할 수 없으니까. 다른 걸 다 떠나서 이제는 선배가 내게 실망한 이유도 조금 이해됐다. 내가 선배라도 다시 나를 보고 싶지는 않을 것 같았다.

"엄마, 아빠가 언니의 죽음을 어쩔 수 없었던 재난처럼 얘기할 때, 나는 3년 안에 졸업하는 걸로 약속받았으니 다를 거라 믿을 때 무섭고 이상했어. 재후 선배도 아마 그런 얘기를 한 걸 거야. 아무리 자살이라도 누군가는 그 죽음에 책임이 있다고. 근데 나는 그런 거에 일절 공감 못 하는, 꼭 사이코패스처럼……."

"무슨 말 하는지 잘 모르겠다."

실제 이해돈의 지식수준을 반영한 홀로그램이라지만

이번만은 고개를 절레절레 저었다. 아마 감정은 그 척척 박사 소년에게도 꽤 어려운 질문이었던 듯했다. 나는 씁쓸하게 입술을 씹었다.

"그냥, 내가 다 망쳤다는 소리야."

그래도 내 좌절을 지켜봐 줄 존재가 있는 것이 그나마 다행이었다.

그날 저녁 나는 엄마, 아빠와 함께 유일고로 돌아가는 택시에 올라탔다. 엄마가 내게 도시락을 건넸다. 열어 보니 아까 식탁에 차려져 있던 밥과 반찬이 주먹밥 형태로 뭉쳐져 있었다. 종일 아무것도 먹지 않았기에 가는 동안 받은 그릇을 얌전히 비웠다.

"과자도 먹을래?"

엄마의 말에 나는 그저 고개를 도리도리 저었다. 학교에 거의 다 왔을 때쯤, 다시 엄마가 말했다.

"행여 학교에서 나오겠다는 소리 말고."

고개를 들어 엄마를 힐끗 봤다.

"실은 너만 입학식 때 서명 안 했다는 거 안드로이드 선생님한테 들었어. 전화도 좀 하고. 물어보니 일주일에 한 번은 전화할 수 있다는데. 너도 네 언니도 참……."

아, 언니도 어느 순간부터 집에 전화하지 않았구나. 새롭게 알게 된 사실이다. 그리고 서약서야 이후에 출력물로 제출했지만, 굳이 그 사정까지 밝히지 않았다. 나를 어처구니없을 정도로 무지하게 내버려 둔 부모님이다. 나만 모든 걸 말할 필요는 없다고 생각했다.

좀 혼란스럽기도 했다. 이게 정말 이렇게까지 다녀야 하는 학교일까? 내가 좀 특수한 상황이기는 했지만, 다른 애들은 과연 부모님과의 사이가 괜찮은지 궁금했다. 컨트롤제트에서 이런 얘기를 해 보면 좋았을 텐데. 하지만 그 좋은 기회를 발로 차 버렸다.

유일고 입구에 도착한 건 바로 그때쯤이었다. 무뚝뚝하게 인사하고 내리는 내 손을 아빠가 잡았다. 나를 올려다보는 아빠의 눈에 이미 물기가 그렁그렁했다.

"원래 성장통은 되게 아픈 거래, 여름아."

대신 아플 수 없어서 아빠는 눈물로 토로했다. 그런 부모에게 도대체 어떤 대답을 해 줄 수 있을까. 하아, 무거웠다. 나는 작게 한숨 쉬며 슬그머니 손을 뺐다. 무언가 큰 슬픔을 마주한 듯한 아빠의 눈빛. 그저 더 어두워지기 전에 방에 들어가려던 것뿐인데, 이제는 부모의 마음을 거절하는 나쁜 딸이 된 기분까지 들었다.

그날 밤 나는 결국 안드로이드 선생님을 호출했다. 곧한 여자 안드로이드 선생님이 방으로 한 발짝 들어섰다.

"그게, 여기선 SNS가 안 되는 거 알지만 스페셜-홀로만 좀 쓸 수 있을까요? 상담 때문에……."

나는 최대한 조심스럽게 말했지만, 선생님은 애초에그런 비언어적 표현에 흔들리는 상대가 아니었다. 선생님은 일정한 속도로 고개 저었다.

"여름 학생, 상담은 우리가 진행해 줄 수 있는데요."

"항상 얼굴 보는 선생님들이잖아요. 속 안의 깊은 얘기까지 꺼내기 부담스러워요. 아마 교장 선생님은 아실 거예요. 저 지금 상담이 꼭 필요한데."

진심이 담긴 말이었다. 아마 선생님에게는 학생이 같은 의미의 요구를 2회 이상 반복한다는 정도의 신호로 입력됐겠지만. 그래도 교장 선생님 이야기를 꺼낸 게 유효한 듯했다. 안드로이드 선생님은 잠시만 기다리라는 듯손바닥을 펴 보이더니 그대로 눈을 감았다. 잠시 후, 눈을뜬 선생님은 새삼 다행이라는 듯한 웃음을 지어 보이며손을 내밀었다.

"상점 시계 줘 봐요, 보고드렸어요."

곧장 시계를 풀어 건넸다. 불과 몇 초 전 단호한 표정을 짓던 문제에 이제는 너무 다행이라는 듯 말하는 선생님이 좀 비인간적이라 느껴졌지만, 그 태도에 개의치 않을 만큼 내겐 대화의 창구가 꼭 필요했다.

✳

다음 날 아침, 가동 건물 분위기가 사뭇 어수선했다. 반 아이들이 떠드는 소리가 귓가에 들려왔다.

"중간고사 팝업 말야, 블루투스로 한 거였대."

"그게 가능해? 넌 어떻게 알아?"

"이번 휴가 때 공부하느라 집에 안 갔거든. 혹시 그쪽 일까 추가로 조사하는 거 같더니, 결국 그렇게 밝혀졌나 봐."

꽤 정확한 수사였네. 하지만 왜 이렇게 소동인 거지? 그 건은 이미 이영찬이 너그럽게 용서해 주는 쪽으로 끝난 일이 아니었나? 막 의아해하던 그때, 선생님들이 작게 손뼉을 쳤다.

"여러분, 모두 강당으로 소집……."

하지만 말을 채 끝마치기 전에 그들이 턱을 아래로 툭 떨어뜨렸다. 양손도 덩달아 늘어졌다. 텅 빈 구멍처럼 벌어진 그 입에서 곧 일제히 같은 목소리가 흘러나왔다.

"비밀 동아리, 내가 너희 수작인 걸 몰랐을 줄 알아?"

음성 자체는 매우 익숙했다. 매스컴에서도 많이 들은 적 있고, 무엇보다 우리를 몇 번 소집했던 이영찬의 목소리였기 때문이다. 하지만 사람 형상의 안드로이드를 꼭 확성기 이용하듯 하는 상황이 낯설었다. 그가 반말로 소리 지르는 일도 이번이 처음이었다.

아이들은 완전히 겁먹어서 선생님들이 이끄는 대로 꼭 순한 양처럼 복도로 나왔다. 그 와중에 누군가가 나를 쳐다본다는 느낌을 받았다. 고개를 돌려 보니 미주가 나를 보고 있었다. 하지만 정작 나와 눈을 마주치니 다시 고개를 돌렸다.

'뭐야, 도대체?'

막 그런 생각을 하는데, 이영찬의 목소리가 다시 동시다발적으로 울렸다.

"허튼수작은 하지 않는 게 좋아. 내가 너희 정체를 모를 줄 알고?"

목소리의 볼륨은 한 단계 더 높아졌다.

"서재후, 한여름……."

순간 전신에 소름이 끼쳤다. 그런데 이영찬의 어조가
말하는 도중에 다시 바뀌었다.

"뭐, 뭐야?"

그는 무언가에 놀란 듯했다. 그와 동시에 위층에서 누
군가 쿠당탕 큰 소리를 내며 달리는 소리가 들렸다.

"잡아!"

일제히 소리치는 동시에 지시를 내린 장본인들이 직접
제 몸을 날리는 희한한 광경이 펼쳐졌다. 선생님들은 급
히 달리느라 학생들을 벽과 바닥으로 밀치는 것도 신경
쓰지 않았다.

"악."

"아파!"

내 이름이 언급된 이후 꼭 정지한 것 같던 심장이 이내
빨리 뛰기 시작했다.

그 와중에 위쪽의 추격 소리는 이어졌다. 쫓기는 학생
이 벌써 2층까지 통과한 모양이었다. 1층의 선생님들은

위로 올라가는 대신 무빙 경사로 아래에 버티고 섰다. 곧 작은 손 하나가 내 시야 끝에 걸친 경사로의 난간을 붙잡았다. 곧장 난간 아래로 몸을 휘릭 날리는 한 남학생의 모습이 보였다.

"재후 선배?"

난리 통에 혼잣말이 묻혔지만 분명 선배가 맞았다. 선배는 다행히 두 다리로 바르게 착지했다. 곧 1층 아래 진을 치고 있는 선생님들을 발견하고는 날카로운 눈빛으로 뒷걸음질 치는 옆모습이 영락없는 선배였다. 선배의 뒤쪽으로도 쫓아오던 선생님들이 하나둘 포진했다.

양쪽에서 포위된 상황. 선배는 한쪽 팔을 번쩍 들어 올렸다.

"날 막으면 이걸 공개하겠어."

선배는 들어 올린 팔에 상점 시계를 차고 있었다. 저기에 뭐가 들어 있는지는 모르겠으나 이영찬은 침묵했다. 이쪽에서 이영찬의 표정이 보이지 않아 과연 그가 어느 정도로 동요했는지는 알 수 없었다. 척, 처적. 하지만 이영찬은 결국 움직임을 재개하는 쪽을 택했다. 이제 선생님들은 선배를 완전히 에워싸고 있었다.

선배가 선포하듯 외쳤다.

"독수리와 부엉이의 발밑에 있던 비밀을 공개하겠어."

그 순간 선배에게 다가오던 선생님들의 움직임이 뚝 끊겼다. 경사로 1층 입구에 서 있던 선생님들도 양쪽으로 비켜섰다. 선배는 주변을 살피며 조심스럽게 내려왔다. 위이잉. 바로 그 순간 선배가 밟고 있던 무빙 경사로가 원래 움직이던 방향과 반대 방향으로 아주 빠르게 돌았다.

저러면 넘어질 텐데, 생각하기 무섭게 선배는 앞으로 고꾸라졌고 선생님들이 양쪽에서 달려들었다. 그중 한 명의 손날이 불길하게 높이 솟았다. 그들에게 가려진 선배의 목소리만 들렸다.

"네 블루투스 폰에 숨겨져 있던……."

투욱.

하지만 그 높게 들린 팔이 아래로 떨어지자 그걸로 목소리도 끝. 그 이상은 작게 뒤척거리는 소리조차 들려오지 않았다. 아, 안 돼. 비명이라도 지르고 싶었지만 이상하게 입이 떨어지지 않았다. 장내는 삽시간에 찬물을 끼얹은 듯 조용해졌다.

끼익. 그 고요를 의식했는지 곧 선생님 중 하나가 우리 쪽을 돌아봤다. 고개가 회전하면서 표정이 180도 바뀌는 것을 모두가 똑똑히 봤다. 선생님은 웃고 있었다. 치약 광고를 100개쯤 찍어도 좋을 법한 하얀 건치를 자랑하며.

"소란스러웠죠, 다들 교실로 들어가도 좋아요."

그 모습이 꼭 방금까지 악귀가 빙의되었다는 사실을 모르는 순진한 영매 같기도 했다.

＊

그날 내내 걱정이 꼬리를 물었다. 재후 선배는 괜찮은 걸까? 아까 보니 선생님들이 선배를 어디로 끌고 가는 것 같았다. 이미 컨트롤제트에 대해서도 다 알고 있는 것 같던데, 왜 다른 회원들은 안 잡아가지? 도대체 왜 다른 상황 설명은 없는 걸까?

결국 고민 끝에 나는 새벽녘에 컨트롤제트 문을 두드렸다. 체면 따위 차릴 상황이 아니었다. 엘리베이터 문은 잠시 후에 열렸다. 방에는 내가 아는 멤버들이 재후 선배만 빼고 그대로 모여 있었다. 차마 들어가지 못하고 있는 나를 오히려 선배들이 반겼다.

"여름이 왔구나. 잘 왔어."

다른 선배가 씁쓸하게 웃었다.

"선배가 오늘은 위험하다고 모이지 말라 했는데, 결국 다들 왔네."

그 말에 귀가 번쩍 뜨였다.

"재후 선배랑 얘기를 나누셨어요?"

말을 꺼낸 선배가 작게 고개를 끄덕였다.

"선배를 차에 태울 때 잠깐 귓속말만. 이마가 찢어진 거 같던데, 아직 응급처치도 안 해 놨더라."

하, 그래도 의식이 있다니. 최소한 재후 선배가 아직 살아 있고, 어딘가로 보내졌다는 사실을 알아낸 데 안도해야 하나. 알 수 없었다. 뭘 어디서부터 어떻게 추슬러야 하는지. 지금 우리가 마음을 추슬러도 되는 건지. 동아리의 핵심 인물이자 회장인 선배가 사라지니 간단한 모임조차도 진행이 어려웠다.

한 선배가 말했다.

"분명 일부러 잡힌 거야. 듣기론 3학년 11반에 몰래 건물 밖으로 나가는 통로를 만들어 놨다 들었어. 거길 안 쓰고 일부러 이목 끈 걸 보면……."

다른 선배가 끄덕였다.

"이영찬 말을 끊은 거네. 동아리원 이름 더 공개하지 말라고."

"선배 말은 무슨 의미였을까?"

아마 이영찬의 스마트폰 위치를 아는 사람은 나와 재후 선배뿐인 것 같아서 그 질문에는 내가 답했다.

"이영찬이 폰을 숨겨 둔 위치가 바로 독수리와 부엉이 박제 아래였거든요. 아마 그 폰에 이영찬에게 굉장히 중요한 정보가 담겨 있는 것 같아요. 팝업 대작전 자체엔 너그러웠던 사람이 정보가 강제로 교환되었다는 사실을 안 이후로 그렇게 평정심을 잃은 걸 보면."

"심은 정보보다도 빠져나간 정보에 비상등이 켜진 거군?"

그 말에 모두 고개를 끄덕였다. 방금 내 말을 정리한 선배가 다시 물었다.

"그 폰은 지금 어디에 있는데?"

나는 쉽게 답할 수가 없었다. 그러나 여기서 발뺌한다면 상황은 오히려 나빠질 게 분명했다. 결국 내가 순순히 사실을 고했다.

"잃어버렸어요."

말을 꺼내고 저절로 고개가 수그러졌다. 곧 주위의 선배들이 내 어깨를 토닥였다.

"어쩔 수 없지. 그렇게 위험한 작전을 잘 완료해 낸 것만도 대단해. 난 도대체 우리 이름을 어떻게 알게 된 건지가 오히려 궁금하던데?"

그 질문에 다시 내가 고개를 들었다. 조금은 경직된 얼굴로 서로의 얼굴을 살피는 동아리원들이 보였다. 아마 내부 고발자, 더 구체적으로는 서로를 의심하고 있겠지. 하지만 내가 입을 열어 그런 분위기를 끊어 놨다.

"그것도, 제가 알 거 같아요."

다음 날 아침. 나는 힘찬 걸음으로 가동 건물로 향했다. 곧장 1층 복도로 들어서서 우리 교실은 그대로 지나치고 다른 문 앞에 섰다. 전에도 몇 번 와 본 적 있는 미주네 반이었다.

미주는 이미 자리에 앉아 있었다. 가서 정말 미주가 범인인지 그 사실만 확인하려 했는데, 공교롭게도 마침 그반의 아이들이 하는 이야기가 들렸다.

"어제 그 선배, 퇴학당했다면서?"

뭐라고?

"선생님이랑 상담 때 들었어. 근데 밖에 쟤는 뭐야?"

순간 이상하게 다가가는 발걸음이 빨라졌다. 그대로 미주와 엉키듯 우당탕 부딪치면서 미주가 앉아 있던 의자, 책상과 함께 넘어졌다. 자연스레 미주는 내 무릎 아래 깔린 꼴이 되었다. 나는 기회를 놓치지 않고 재빨리 미주의 멱살을 잡았다. 그제야 내 얼굴을 확인한 미주에게 다른 틈을 주지 않고 쏘아붙였다.

"네가 그랬지?"

순간 미주의 눈동자가 눈에 띄게 흔들렸다.

"아, 아니야."

아니라니, 뭘? 내가 뭔지 말하지도 않았는데 왜 일단 아니라 말하는 걸까. 나는 미주를 밀고자로 짐작한 이유를 우두두 쏟았다.

"너도 나처럼 이영찬과 면담했잖아. 게다가 나도 동아리원이라고? 아니, 다른 사람이라면 내 이름을 포함시키지 않았겠지. 난 동아리를 중간에 나갔으니까. 그리고 내가 있던 시점에서 동아리에 대한 정보가 끊긴 건, 그 전에 동아리를 나간 강미주, 네가 밀고했기 때문이야."

미주는 더 하고 싶은 말이 있는 듯 입을 벌렸다. 안드로이드 선생님이 도착한 건 바로 그때였다.

"서로 떨어지세요."

강미주에게 쏟아지던 열기가 그대로 방향을 틀었다.

"왜요? 저도 퇴학시키시게요?"

그러나 선생님은 대답 대신 차분히 내 어깨를 잡았다. 뭐, 뭐지? 순간 온몸에 오스스 소름이 돋았다. 그 힘이 너무 세거나 급작스러워서는 아니었다. 하지만 나는 알고 있었다. 이 조심스러운 압력이 학생을 상대로 어디까지 증가할 수 있는지 어제 똑똑히 목격했기 때문이다. 미주를 쥐고 있던 내 손의 힘도 알아서 스르륵 풀렸다.

선생님은 다행이라는 듯 씨익 웃어 보였다. 곧 선생님은 우리 모두를 둘러보며 말했다.

"다들 강당으로 모이세요, 교장 선생님이 전할 말씀이 있답니다."

잠시 후, 이영찬이 강당 연단에서 우리를 먼저 기다리고 있었다. 얼추 학생들이 다 들어오자 이영찬은 다짜고짜 고개를 숙였다.

"우선 죄송합니다. 제가 이성을 잃었어요."

고개 숙여 인사하는 모습이 한 번은 솔직한 사과처럼 보였지만 이제는 퍽 쉬운 선택처럼 느껴졌다. 저 사람은 모든 게 사과 한 번으로 끝날 거라고 믿는 걸까. 앞으로도 멋대로 끔찍한 일을 저지르고 쉽게 용서를 구할 사람처럼 보였다.

곧 이영찬이 말했다.

"어제 서재후 학생에게 학교에서 아주 유독한 일을 벌이고 있다는 자백을 받았습니다. 중간고사 때 이상으로요. 하지만 그 과정에서 다른 학생들의 학업을 방해하고 피해를 끼친 점은 진심으로 사죄해야겠죠."

본인은 폭력을 행사했으면서 학업을 방해했다느니 하는 두루뭉술한 말로 제 잘못을 포장하다니. 내가 번쩍 손을 들었다. 딱히 허락 따위를 바라고 한 행동은 아니라서 바로 입을 열었다.

"정말 퇴학시켰나요?"

장내의 모든 눈빛이 순식간에 나에게로 쏠렸다. 희한하게도 걱정과 짜증이 조금씩 뒤섞인 듯한 얼굴들이었다. 아마 나에 대한 걱정과 괜히 불똥 튀기지 말라는 경고가 혼재하겠지. 반면 이영찬은 그저 여유로웠다. 오히려 제

가 말하고 싶은 바를 물어봐 주어 고맙다는 듯, 고개까지
까딱했다.

"시험문제 해킹이며 유출은 모두 자신이 벌인 일이라
고 자백했으니까요."

이제 이영찬은 학생들을 두루두루 훑어봤다.

"여러분도 명심하세요. 여러분의 학구열을 응원하지
만, 만약 학교에 위해를 가하는 방식으로 그 지식을 활용
할 경우 모든 학년 예외 없이 퇴학 처분입니다."

재후 선배가 모든 걸 뒤집어썼다고? 저 말은 사실일
까? 하지만 섣불리 뻗댈 수 없었다. 만약 진짜라면, 애써
동아리원을 보호하려던 선배의 노력을 내가 수포로 돌리
는 꼴이 될 것이다.

그리고 내가 망연해 있는 사이 이영찬은 유유히 연단
을 벗어났다.

선생님들은 곧 해산을 지시했다. 하지만 다른 아이들
도 어안이 벙벙하기는 마찬가지였나 보다. 장내에는 웅성
웅성하는 소란만 더해질 뿐 도무지 사람이 줄지 않았다.
딩동딩동. 아이들이 찬 상점 시계의 알람이 동시에 울린
건 바로 그 순간이었다. 나는 고개를 내려 내 시계의 문구

를 확인했다.

교내에 큰 물의가 있었던 점 사과드립니다. 모두 조속히 학업에 복귀하기 바랍니다. 그리고 '한여름' 학생에게는 상점 1점이 부여됩니다.

벌점도 아니고 상점? 그만 떠들고 가서 바닐라 아이스크림이나 사 먹으라고? 이영찬의 의도를 알 수 없어 나는 말문이 막혔다.

단체 결의

한 가지 다행인 일이라면 그 이후로 아이들의 마음도 우리 쪽으로 조금 기울었다는 사실이었다.

"혹시 그 비밀 동아리, 가입 조건이 따로 있니?"

누군가는 조심스레 물어 왔다. 점심시간에 돌아와 보니 내 책상 위에 익명의 쪽지와 초콜릿이 올려져 있기도 했다.

재후 선배한테 학교가 한 행동, 너무하다고 생각해.

공부는 슬슬 손에서 놓았다. 그동안 배웠던 것이 전부 쓸모없지는 않았지만 당장 더 중요한 일이 있었다. 나는 수업 시간에도 재후 선배를 구할 방법을 생각했다. 하지만 외부와 연락할 수단이 너무 적어 재후 선배가 어디 있는지조차 확인하기 어려웠다.

다행히 이영찬은 다른 동아리원들을 추가로 심문하지 않았다. 분명 선배에게서 원하는 스마트폰을 얻어 내지 못했을 텐데, 왜 잠자코 있는 걸까? 의아했지만 따로 물어보지는 않았다. 이제 이영찬과의 면담은 꿈도 꿀 수 없는 성적이 되었을뿐더러, 더 이상 진실을 말해 줄 거라 기대하지도 않았으니까.

벌점은 착실히 쌓였다. 하루 공부량을 채우지 못할 때마다 2점씩. 벌점 20점이 쌓이면 유급이 확정된다는데 나는 벌써 12점이었다. 그러거나 말거나 나는 오늘도 여섯 시에 칼같이 하교해서 여러 계획을 구상 중이었다. 이러고 있으니 똑순이 우리 언니가 어쩌다가 유급생이 되었는지 왠지 알 것 같았다.

나는 방에서 상점 시계에 내려받은 스페셜-홀로를 내내 켜 놓고 있었다.

"하, 이영찬의 확실한 약점을 잡아야 하는데."

무심코 내뱉은 말에 이해돈이 답답하다는 듯 물었다.

"스마트폰 어디서 잃어 버렸는데? 대충이라도 기억 안 나?"

나는 눈을 흘기며 상점 시계를 들어 올렸다.

"어어? 동아리 간다고 또 나 끄려고 한다?"

"눈치도 빨라. 맞아, 거기 가면 너 말고도 말할 사람 많거든요."

언제부터 이렇게 질척거리는 성격이 된 건지. 나는 짐짓 아쉬운 표정을 짓는 이해돈을 일부러 더 매몰차게 끊어 냈다. 손으로 흩뜨리며 끄는 와중에도 그는 끝까지 서운하다는 듯 고개 저었다. 하지만 정말 그와 보낼 시간이 없었다. 동아리에 가 보니 오늘도 회원이 다섯이나 늘어 있었기 때문이다.

한때는 열다섯 명 남짓하던 인원이 이제는 서른 명 정도가 되어 방을 빽빽하게 메웠다. 새로운 회원을 데리고 온 선배가 말했다.

"반 애들을 하나씩 떠봤거든. 여긴 1학년 한여름."

나 역시 얼결에 고개를 숙였다. 하지만 왜 하필 그들을 내게 인사시키는 걸까? 속으로 어색해하던 찰나 다른 선배가 연타를 날렸다.

"그래서 오늘은 뭘 하면 좋을까, 여름아?"

하아. 그래, 이쯤 되면 나도 인정할 수밖에 없겠다. 이영찬이 재후 선배와 함께 내 이름을 언급하고, 실제로 선배와 관련한 여러 가지 일을 내가 해명한 이후 동아리 내에서 난 임시 회장 비슷한 사람이 되었다. 돌이켜 보면 블루투스 작전에 발 벗고 나선 것도 나라서, 이제 와 누구를 탓할 수도 없었다.

결국 내가 침을 한번 삼키고 말했다.

"오늘은 공부하면서 날 힘들게 했던 것들에 대해서 말해 봤으면 해요. 부모님과의 관계를 말해 봐도 좋고, 무슨 과목이 특히 어려웠다는 말도 괜찮고."

모두 재후 선배의 안위를 걱정했지만 당장 구할 방법은 없었다. 그렇다고 그저 절망에만 빠져 있을 수도 없었다. 이런 자조 모임이라면 재후 선배의 뜻을 이어 나가며 새로 참여하는 회원들의 마음까지 보듬을 수 있다고 생각했다. 누군가는 쓸데없는 불평 토로라고 생각하겠지만, 우리에게는 이런 시간이 절실하기도 했다.

어떤 선배는 말했다.

"나 말야. 뭔가 까먹었을 때마다 국영수사과, 국영수사
과 하고 읊어. 혹시 오늘 한 과목이라도 빼먹고 공부했나
자꾸 불안해하던 때 생긴 버릇이라서. 웃기지? 이젠 훨씬
더 어려운 과목도 이해하는데, 지금도 그래."

어떤 선배는 이런 말도 했다.

"컨트롤제트에 동참하려면 공부를 놔야 하는 거지? 그
러기 너무 불안해서 난 오늘도 사실 할당량 채우고 왔거
든. 으아, 다들 미안."

주변에서는 그 선배를 안아 줬다.

"아니야, 너 편한 대로 하면 되지."

"오늘 정말 고생 많았어."

또 누군가가 말을 이었다.

"죽을 만큼 힘든데도 일단 참아 보라고 말하는 부모님
을 보면, 진짜 사지로 날 떠미는 거 같아. 나 말야, 나중에
스페셜리스트가 되면 부모님 버리고 나만 ST돔에 가서
살아야겠다고 생각해. 힘들 때마다 종종. 그러니까 엄청
자주."

그렇게 깊은 이야기에는 섣부른 동조조차 튀어나오지

않았다. 모두가 무슨 마음인지 알기에 흐르는 공감의 침묵이었다.

한 선배가 말했다.

"3학년 11반 선배들도 초대하는 게 좋지 않을까? 재후 선배와 학교에 대해서라면 그 선배들도 할 말 많을 텐데."

그 말에 내가 고개 저었다.

"3학년 11반은 가동에서 생활하고 있어서 밤중에 불러오는 건 무리예요. 점심시간 때나 우리가 먼저 찾아가 볼 수는 있겠죠."

곧 누군가 3학년 11반 선배들을 인터뷰해 보자는 이야기를 꺼냈다. 나야 언니 때문이라도 내심 마음에 품고 있는 일이었는데, 얼추 보니 다른 회원들도 대부분 고개를 끄덕이고 있었다. 누군가 투표를 제안했고 결국 다음 활동은 그걸로 하자는 쪽으로 의견이 수렴됐다.

"좋아요. 그러면 우선 오늘은 제가 가서 선배들 의사를 물어볼게요."

나를 바라보는 회원들의 눈빛이 초롱초롱 빛났다. 재후 선배와 언니가 보던 광경이 바로 이랬을까. 이상하게 심장 깊은 곳이 간질거리는 느낌이었다.

모두의 이야기에 귀 기울이다 보니 어느덧 동틀 무렵이었다. 꼭 폭풍 전야처럼, 모임은 조용히 흘러갔으나 끝은 항상 고요했다. 모임이 실망스러워서는 아니었다. 다만 머지않아, 그러니까 자조 모임도 인터뷰도 다 진행되고 나면 큰 결단의 순간이 찾아오리라는 사실을 모두가 예상했기 때문이다. 학교의 폭주를 막기 위해 뭐든 해야 하는 순간이 그리 멀지 않아 보였다.

＊

다음 날 점심시간, 나는 3학년 11반으로 향했다. 4층의 뿌연 공기는 두 번째 들이마신다고 쉬이 적응되지 않았다. 그래도 이번에는 걸음마다 밀려오는 자괴감을 애써 털어 내며 복도를 통과했다. 그래, 재후 선배가 제안할 때와 볼 걸 그랬어. 언니가 학교 다닐 때 얼마나 힘들었는지 내가 물어봐 줬다면 더 좋았겠지. 하지만 자책은 모든 일을 다 끝내고 해도 늦지 않았다.

똑똑. 나는 열린 3학년 11반의 문을 두드렸다. 동시에 그 안을 처음으로 들여다봤다.

반에는 네댓 명의 학생이 있었다. 보통의 반보다 훨씬 한산해 보이는 모습이었다. 채광이 좋지 않아 실내가 전체적으로 어두침침했다. 회색빛 공기 위로 몽실한 먼지 덩어리가 부유했다. 지금은 해가 쨍한 아침인데, 여긴 꼭 흐리고 탁한 밤에 시간이 멈춰 있는 듯한 착각마저 불러일으키는 광경이었다.

나는 곧 그 몽롱한 분위기에 선배들의 행동이 한몫하고 있다는 사실을 알았다. 문을 두드려도 누구 하나 이쪽을 돌아보지 않았다. 저마다 눈빛이 흐릿했다. 어떤 선배는 홀로그램 화면에 무언가를 자꾸 썼다가 지웠다. 어떤 선배는 손가락을 열심히 굽히며 무언가를 중얼중얼 외고 있었다. 그리고 어떤 선배는 턱을 괸 채 멍하니 막힌 벽 쪽을 바라보았다. 누가 봤다면 거기 창문이라도 뚫려 있는 줄 알았을 것이다.

뭐지? 나는 얼떨떨한 마음으로 교실에 들어갔다. 보통 다른 반도 아침 시간부터 공부하느라 분주하긴 했지만, 그 안에는 최소한 어떤 에너지 같은 게 담겨 있다. 반면 이들은 하나같이 기운이 빠져 있었다.

나는 개중에 벽을 바라보던 언니에게 다가갔다.

"언니, 혹시 재후 선배 일 알고 계세요?"

그 선배는 여전히 막힌 벽만을 바라보고 있었다.

"여기 11반에선 따로 말이 없었어요? 아, 저는 한여름이라고 해요. 컨트롤제트에서 나왔어요. 이영찬이 말했던 그 비밀 동아리요."

'비밀 동아리'라는 말에 선배의 고개가 천천히 내 쪽으로 기울었다. 내가 그 기회를 놓치지 않고 힘주어 말했다.

"저 실은, 11반 선배들을 인터뷰해 보고 싶어서요. 학교 만행에 가장 많이 노출돼 있던 게 선배들이잖아요. 하고 싶은 이야기도 많으실 거고……."

하지만 이내 말을 줄였다. 어쩐지 그 선배가 내 말보다는 내 입에 더 집중하고 있는 듯한 인상을 받아서였다. 뭔가 싶어 당황하던 그때, 드디어 선배가 말했다.

"너, 새봄 언니 동생이구나."

얼굴에 꼭 그 목소리만큼 미미한 웃음을 띤 채였다.

아, 언니를 아는구나. 하긴 나랑 언니랑 입매가 특히 닮았지. 하지만 대화는 거기서 끝이었다. 선배는 다시 막힌 벽 쪽으로 고개를 돌렸다. 마치 그곳에서 지금 내가 말하는 것보다 훨씬 중요한 일이 벌어지고 있는 것처럼. 나는 다시 설명에 공을 들였다. 하지만 그 뒤로 선배는 아예 내 존재 자체를 신경 쓰지 않는 듯했다.

"저기요, 선배?"

이후 다른 선배들에게도 말을 붙여 봤지만, 누구 하나 시원스럽게 대답해 주지 않았다. 5교시 시작종은 얼마 지나지 않아 울렸다. 아연할 정도로 가난한 집의 문을 두드린 방문판매원처럼, 나도 그렇게 도망가듯 그 반을 벗어났다.

물론 선배들도 어쩔 수 없다는 것은 알고 있었다. 청소마저 제대로 되지 않는 수용 시설 같은 곳에서 선배들도 점점 힘이 빠졌을 것이다. 직접 방문해 보니 어쩌면 11반은 나머지 공부를 하는 공간이라기보다는 남은 기대를 죽이는 곳이라는 생각도 들었다. 눈에 띄게 푸대접받고, 그런 대우를 받는 자신의 부족함을 탓하면서. 입학 당시 품었던 기대가 바람 빠진 풍선처럼 쪼그라들었겠지.

어쩌면 온 동네의 자랑거리였던 우리 언니 같은 사람마저도……

내내 부정적인 생각을 해서였을까. 방과 후 유독 녹초가 된 듯한 기분으로 방에 돌아왔다. 그런데 침대를 보니 낯익은 상자가 놓여 있었다. 아, 벌써 첫 번째 주사를 맞은 지 한 달이 지났구나. 얼떨떨한 마음에 상자를 집어 들었다. 상자에는 과연 2형 제트주사가 들어 있었다. 아무 생각 없이 주사를 내 팔뚝으로 가져가려던 그때.

그런데 이 판국에 과연 주사를 맞아야 하나? 주사를 맞으면 나한테 뭐가 좋지? 생각해 보니 학교의 불합리에 저항하는 데 그렇게나 대단한 두뇌 회전은 필요하지 않을 듯싶었다. 그리고 제트주사에 반대하는 모임이라면서 주사를 맞는 것 자체가 과연 옳은 것인지 의문이었다. 이 상황에도 주사를 맞는 게 이영찬에 대한 굴종 같다는 생각도 들었다.

나는 결국 주사를 그대로 든 채 동아리로 향했다. 예상대로 선배들은 자신에게 배달된 주사와 3학년 11반 이야기를 동시에 물었다.

나는 우선 11반 이야기에 고개를 저었다.

"일단 3학년 11반 선배들은 빼고 생각해요. 그 선배들은 지금의 생활을 유지하는 것만도 벅찰지 몰라요."

곧이어 주사를 꺼내 들었다.

"다들 이건 맞으셨어요?"

이건 좀 의외였는데, 모두 약속이나 한 듯 고개 저었다. 하긴 이 판국에 다들 이영찬이 주는 약물을 주입하는 게 꺼려졌을 것이다. 그래, 그렇다면 더 잘된 일이다.

내가 고개를 끄덕였다.

"좋네요. 어쩌면 지금이 적기에요."

그 이후의 말은 꼭 연습이나 한 듯 술술 흘러나왔다.

"학교가 학생 한 명을 멋대로 퇴학시킨 마당에 더 이상 비밀로 활동을 이어 가는 건 의미가 없어요. 물론 동아리를 지키는 건 중요하죠. 지금 나서는 거 위험한 일 맞아요. 하지만 만약 지금 나서지 않는다면요? 재후 선배의 일로 겨우 모인 뜻이 다시 무리한 공부와 학교생활에 치여 금세 흐려지면요? 그렇게 아무 문제 제기도 없이 넘어간다면 실은 학교가 더 위험한 상태 아닐까요?"

맹세코 컨트롤제트와 관련된 일련의 사건을 겪지 않았다면 나조차 동의하지 않았을 생각이었다. 한 선배가 조심스레 손을 들었다.

"정확히 뭘 한다는 거야?"

"내일 등교 시간에 모두 가동 앞으로 모여요. 첫 수업 종소리가 울릴 때, 교실에 들어가는 대신 이 제트주사를 바닥에 던집시다. 재후 선배 사건에 대한 명확한 설명 없이 이어지는 수업에 반대한다는 의미로요."

다른 선배가 말했다.

"하지만 2형 주사는 우리가 이 학교에서 수업을 들을 수 있는 전제 조건이야. 이걸 버린다는 건……."

내가 묵묵히 고개를 끄덕였다.

"네, 퇴학도 불사하겠단 의미죠."

헉. 여기저기서 숨 삼키는 소리가 들렸다. 누군가는 너무 과격하다고 혼잣말했다. 그 말에 누군가는 여름이라고 편한 결정이었겠냐고 면박을 줬다.

나는 천천히 고개 저었다.

"아뇨. 이런 각오는 누가 강요할 수 있는 게 아니라고 생각해요. 괜찮다면 오늘은 이만 파하는 게 어떨까요? 각자 생각할 시간을 가져 봐요, 우리."

그렇게 파격적인 제안을 하고 잠시 떨어져 있자고 하다니. 처음에는 모두가 멈칫했지만 이내 수긍하는 눈치였다. 스페셜리스트가 되는 기회가 걸려 있는 문제였다. 그리고 한편으로는 억울하게 린치당하고 사라져 지금은 생사도 확인할 수 없는 재후 선배의 안전이 걸려 있었다. 그

무거운 결정을 결코 서로에게 부담 지우고 싶지는 않을 테니까.

결국 모두 굳은 표정을 한 채 각자의 방으로 향했다. 누군가는 엘리베이터 문을 나서며 내 손을 꼭 잡았다 놓았다. 자신은 반드시 내일 함께하겠다는 약속의 표시였다. 나는 그저 그 손에 힘을 마주 주었을 뿐 다른 내색을 하지는 않았다. 내가 강요하지 않아도 그들은 결국 제 최선을 택할 테니까.

모두가 나가고, 결국 동아리 방에 마지막으로 남은 건 나였다. 항상 사람들이 꽉 차 있는 모습만 봐서 인지, 내 방과 비슷한 그 공간이 이상하게 휑하게 느껴졌다. 나는 그동안 회의가 바빠 잔뜩 어질러진 방을 대충 치우고 엘리베이터 문을 통과하기 전에 마지막으로 방을 한번 돌아봤다.

일이 잘 풀리든 그렇지 않든, 이제 이 비밀 공간은 다시 사용할 일이 없을 테니까. 엘리베이터 문에 껴 놓은 옷을 빼 한쪽으로 치운 뒤, 나는 컨트롤제트의 문을 완전히 닫았다.

하아, 내 방에 도착해서는 한숨이 먼저 나왔다. 자신 있게 뜻을 밝혔지만 실은 나도 따로 생각을 정리할 시간이 필요했기 때문이다. 물론 내 결의를 무르고 싶지는 않았다. 하지만 과연 이게 얼마나 효과가 있을까, 과연 내가 다른 이들에게도 옳은 일을 제시한 게 맞을까 하는 고민이 들었다.

그나마 나는 단체 행동에 기대를 걸어 보고 싶었다.

이영찬은 1년에 서너 명쯤은 유급시킬 수 있다. 학생 한 명쯤 멋대로 퇴학시켜도 그만이었다. 하지만 지금 모인 서른 명 이상의 학생이 단체로 움직인다면? 그때는 이영찬도 이 일을 쉬이 넘길 수 없을 것이다. 당장 정원의 상당수가 빠져나간 데 세간의 이목이 쏠릴 터였다.

그렇다. 충분히 많은 사람이 모인다면. 우리의 목소리가 모여 한 사람의 목소리를 증폭하는 선생님들의 합창을 뚫고 나올 수만 있다면. 그래도 승산이 있을지 몰랐다.

＊

다음 날, 가동 건물 앞에 모인 사람은 나를 포함해 총 일곱 명이었다. 컨트롤제트의 원래 회원 수와 비교해 봐도 훨씬 적은 수였다. 하, 사람 모으는 게 쉽지 않은 일이었구나. 솔직히 실망하지 않았다면 거짓말이지만 이 사람들을 불러낸 사람으로서 차마 그런 기색을 보일 수는 없었다.

어느덧 시간은 1교시 시작 오 분 전이었다. 그때쯤 더 이상 기숙사 쪽을 돌아보는 일은 그만두었다. 이런 날 부러 시간에 딱 맞춰 도착하려는 사람은 없을 테니까. 대신 나는 모인 회원들 쪽을 돌아봤다. 그들에게 은은한 미소를 지어 보였다.

"이걸로 충분해요. 다들 고마워요."

흐윽, 회원 중 한두 명에게서 흐느끼는 소리가 터져 나왔다. 그들의 심정도 이해가 갔다. 평생을 유일고만 보고 독하게 살아왔을 텐데 잠시 후면 인생이 달라질 수 있으니까. 하지만 모인 이들 중 그 누구도 한쪽 주머니에 제 손을 넣고 있는 것은 잊지 않았다. 혹시 안드로이드 선생님들의 저지가 들어와도, 주사만은 꼭 깨뜨린 뒤 붙잡히겠다는 의지였다.

내가 다시 한번 그들을 북돋우려던 찰나, 저쪽에서 빠르게 다가오는 한 학생의 모습이 보였다. 역광 때문에 충분히 가까워지고 나서야 그 정체를 알 수 있었다.

"강미주?"

미주한테 전에 한 짓이 있어서 못 본 체하기 어려웠다. 돌이켜 보면 폭력으로 응징하려던 내 행동은 안드로이드 선생님과 다를 바 없었다. 하지만 그렇다고는 해도, 미주가 다짜고짜 내 손목을 끌고 갈 줄은 몰랐다.

"왜, 왜 그래?"

미주는 희한하게도 주변을 의식하며 속삭였다.

"얼마 안 걸려."

미주가 나를 이끌고 향한 곳은 가동 1층 화장실이었다. 앙숙과 단둘이 화장실이라. 중요한 용무처럼 나를 불러내더니 결국 이런 거였나. 어이없는 실소가 새어 나왔다.

"저번엔 일방적으로 쳐서 미안한데, 또 싸우자는 거면 나중에 하자."

"이거나 봐 봐."

미주가 주머니에서 무언가를 꺼냈다. 손에 든 걸 봤을 때, 저절로 눈에 힘이 들어갔다.

"네가 가져갔구나?"

그러자 미주의 미간에도 주름이 잡혔다.

"야, 네가 떨어뜨려서 내가 주워 준 거잖아."

아, 그제야 이영찬의 집무실에서 나오던 중 경황이 없어 미주와 부딪쳤던 일이 떠올랐다. 그때 떨어졌던 거구나. 나는 스마트폰을 건네받았지만, 마음은 여전히 떨떠름했다.

"좀 일찍 주든가. 재후 선배 그렇게 되기 전에."

"주려고 했어. 그리고 내가 말한 거 아니라고!"

"네가 아니라고?"

하지만 미주는 내 반복되는 질문에 답해 줄 마음이 없는 듯했다. 대신 스마트폰을 열고, '앨범' 폴더를 눌렀다. 순간 파일명을 나타내는 듯한 숫자가 화면에 빼곡하게 떴다.

20310829

20310830

20310831

"이, 이건?"

당황하는 나 대신 미주가 화면 오른편의 짧은 세로 선

을 만졌다. 덩달아 파일명도 내려가는 걸 보니, 아마 이게 스마트폰의 스크롤 버튼인 듯했다. 파일명인 숫자는 '20740512'까지 이어졌다. 바로 어제까지 내 상점 시계에도 떠 있던 숫자 배열이었다.

"이거 날짜야?"

미주가 고개를 끄덕이며 다시 스마트폰을 조작했다. '큰 아이콘으로 보기'라는 메뉴를 누르자 곧 글자가 여러 장의 사진으로 변했다. 위에 재생 표시가 떠 있는 것으로 보아, 일종의 섬네일인 듯했다. 얼핏 보기에 모두 같은 공간에서 찍힌 영상인 듯했다.

미주가 그중 오래전에 찍은 것 같은 영상 하나를 눌렀다. 곧 호화롭고 복고적인 가정집 풍경이 저화질로 재생됐다. 이영찬은 왜 이런 걸 여러 번 찍었지? 그때 영상 속 소파 위에 누워 있는 갓난아이의 모습이 잡혔다. 뭐지? 분명 어디서 본 것 같은데. 그때는 저렇게 무표정하지 않았지만…….

"설마, 이해돈?"

미주의 대답은 필요 없었다. 한번 정체를 파악하니 그 뒤로는 달리 의심이 들지 않을 정도로 이목구비가 익숙했

기 때문이다. 그래, 다시 봐도 저건 분명 사십여 년 전 이
영찬이 날카로운 주삿바늘을 꼽던 바로 그 아기의 얼굴이
었다. 매일 보는 열일곱의 홀로그램 모습과는 달라도 알
아볼 수 있었다.

미주는 이제 영상을 끄고 스크롤을 아래로 확 내려 가
장 최근의 영상을 터치했다. 영상 속 공간은 한결같았다.
도대체 뭘 보여 주려는 것인지 의아한 그때 내 눈에 놀라
운 광경이 스쳤다.

"어라?"

나는 이상하다는 듯 미주를 바라봤다. 미주의 표정은
여전히 심각했다.

"잘못 튼 거 아니고?"

되묻는 내 질문에도 미주는 표정을 바꾸지 않았다. 잘
이해가 가지 않았다. 아까 분명 파일명이 날짜가 맞다고
미주도 끄덕였는데. 그렇다면 처음 튼 영상과 지금의 영
상은 무려 사십 년 가까이 차이가 났다. 그중 처음 영상
에 어린 이해돈의 모습이 담겨 있는 건 이해가 갔다. 하지
만 현재 영상에도 여전히 그가 어린 모습으로 등장한다는
건······.

'20740511' '20740127' '20720808' 나는 손이 닿는 대로 다른 영상을 확인했다. 하지만 어디에나 같은 모습이 담겨 있었다. 모든 영상 속에서 그는 똑같이 무표정하고 어렸다. 순간, 차가운 전류 같은 게 전신을 타고 흘렀다.

"이게 이영찬의 약점이었구나."

나는 말하는 것과 거의 동시에 상점 시계를 미주에게 받은 스마트폰 옆에 댔다.

"뭐 하는 거야?"

"내 상점 시계에 상담용 스페셜-홀로가 깔려 있어. 일단 여기에 옮겨 놓으려고."

정보가 옮겨지는 동안, 나는 미주에게 물었다.

"이걸 왜 나한테 보여 준 거야?"

실은 내 딴에는 어색한 화해의 시도였다. 하아, 미주는 작게 한숨 쉬더니 제 이마를 짚었다.

"날 무시하는 네가 미웠던 거지. 이런 이영찬까지 감싸 줄 악마가 아니야, 난. 그리고……."

미주는 뭔가 하기 어려운 말이 있는 듯 말을 멈췄다. 딩동, 그사이 상점 시계에서 다운이 완료되었다는 알림음이 울렸다. 내가 눈빛으로 다시 묻자, 미주는 그저 고개를 저었다.

"그냥. 나중에 꼭 4년 전 영상을 확인해 봐."

그렇게 말하며 미주는 화장실 문을 열었다. 그러나 그 말에 쉬이 대답할 수도, 그대로 화장실을 나갈 수도 없었다. 화장실 문 앞에 인자한 여성의 모습을 한 예의 안드로이드 선생님이 떡하니 버티고 있었기 때문이다.

"여, 여기는 어쩐 일로?"

미주가 물었지만, 선생님은 나를 봤다.

"교장 선생님이 여름 학생을 찾으셔서요."

왜 하필 지금? 뭔가 느낌이 좋지 않았다. 미주와 내가 서로 힐끗 시선을 맞췄다. 아마 미주도 같은 생각이었는지, 곧 미주가 넘어지듯 선생님을 붙잡았다. 이를 신호로 나는 황급히 화장실을 벗어났다. 어디로 가야 할까? 다시 동아리 선배들에게로? 아니, 이대로 이영찬에게 잡혀 이 증거물을 뺏기면 곤란하다.

그런데 오늘따라 유난히 건물 입구에 안드로이드 선생님들이 많았다. 혹시나 하는 마음에 방향을 틀었는데 역시나. 그들은 슬금슬금 내 쪽으로 속도를 냈다. 그 뒤로는 어쩔 수 없이 경사로 위쪽으로 달렸다. 독 안에 든 쥐라 생각했는지 그들은 재후 선배 때처럼 소리치거나 경사로를 거꾸로 돌리지는 않았다. 하지만 나를 쫓는 속도만은 점점 높이고 있었다. 소리 없는 은근한 추격전이 시작된 것이다.

"으악!"

하지만 그 광경만으로도 이미 한번 놀랐던 학생들을 다시 공포에 빠뜨리기는 충분했다. 얼어붙은 그 학생들이 의도치 않게 선생님들의 진로를 방해했다. 그 덕에 나는 4층까지 올라갈 수 있었다. 여기라고 달리 방법이 있는 건 아니었지만, 지푸라기라도 잡는 심정이었다.

"한여름!"

막 3학년 11반 교실에 들어서는데 벌써 3층 복도 쪽에서 선생님들의 외침이 들렸다. 3학년 11반 선배들이 일제히 놀라 초식 동물 같은 눈으로 나를 바라봤다. 그때 누군가 내 옷깃을 잡아끌었다. 고개를 돌려 보니, 막힌 벽면을 바라보고 있던 언니였다. 그런데 하필 언니가 나를 끌고 향하는 쪽이 예의 그 벽면이었다. 지금은 이럴 때가 아니라고 그 언니의 손을 뿌리치려던 찰나였다.

11반에 어울리지 않는 상쾌한 바람이 불어왔다. 얼결

에 돌아보니 언니는 나를 잡지 않은 다른 손으로 벽을 밀고 있었다. 그러자 신기하게도 벽이 밀리기 시작했다. 정확히는 언니의 손이 닿은 부분 아래가 꼭 미닫이 창문처럼 사각형으로 쪼개져 벌어졌다. 그 아래로 초등학생 하나가 간신히 통과할 만한 직사각형 구멍이 생겼다.

"여기로 내려가."

언니 말에 이끌려 구멍 밖을 내려다봤다. 아찔한 높이의 건물 외벽을 홀로그램 아이비가 뒤덮고 있었다. 그런데 다시 보니 좀 이질적인 흔들림이 눈에 들어왔다. 발 받침 양쪽을 밧줄로 나란히 고정한 줄사다리가 아이비 사이에 가려져 있었다. 아마 재후 선배도 그동안 이걸 타고 내려와 동아리 모임에 참석했겠지.

높이가 상당했지만 겁먹을 여유가 없었다. 나는 그대로 사다리에 올라섰다. 언니가 나를 마지막으로 내려다보며 말했다.

"가서 재후 선배를 구해."

쿵. 그 후로 벽은 다시 감쪽같이 닫혔다. 나는 한 걸음 한 걸음 조심하며 아래로 내려왔다. 위에서 어떤 소동이 벌어졌을지 몰라도 내 쪽으로까지 수색의 손길이 닿지 않

는 듯했다. 내 몸이 완전히 홀로그램 안으로 잠겼다. 툭,
드디어 발끝이 땅에 닿은 건 그로부터 몇 분 후였다.

수업 시작은 이미 지나 버린 시간이었다. 나는 최대한
태연하게 잰걸음으로 교문을 향했다.

그때 하필 가동 입구에서 나를 발견한 한 동아리 선배
가 외쳤다.

"어? 여름이다."

가동에 층층마다 포진하고 있던 선생님들이 모두 창문
을 통해 나를 돌아봤다. 나는 뒤도 돌아보지 않고 전속력
으로 달렸다. 교문을 벗어나서 눈에 띄는 택시를 바로 불
러 잡고 택시 문을 닫는 동시에 외쳤다.

"출발!"

디리링. 운전석 쪽의 스피커에서 세상 평온한 음악이
흘렀다.

"시계를 좌석 앞에 대 주세요."

창밖을 돌아보니 어느새 선생님들은 건물 밖으로 내
려온 뒤였다. 그런 선생님들에게 동아리 선배들이 눈치
껏 엉겨 붙었다. 몇몇 선배는 주사를 꼭 흉기처럼 선생님
들 목에 찔러 넣기까지 했다. 하지만 기세는 다시 선생님

들 쪽으로 기울고 있었다. 선생님들은 선배들을 마치 개가 벼룩을 털어내듯 후드득 가볍게 떨쳐 냈다. 몇몇 선생님의 눈이 이제는 내가 탄 택시 쪽으로 고정됐다.

나는 다급하게 외쳤다.

"상담원, 제발 상담원 연결해 줘!"

학교 밖으로

달리는 택시 안. 운전석 위에 얼굴만 동동 뜬 홀로그램 남성이 내 발 쪽을 흘끗했다. 나는 그제야 신발 한 짝이 벗겨져 있었다는 것을 알았다. 아마 선생님들에게 쫓기던 도중 어딘가에서 벗겨진 모양이었다.

눈앞의 남성은 일종의 홀로그램 상담원이었다. 모든 교통수단이 무인으로 운행되는 요즘이지만, 예기치 못한 특수 상황은 언제나 존재하니까. 예컨대 지금처럼 후불을 요구하는 손님을 만나는 경우 인공지능보다는 법규에 유연한 실제 인간이 더 도움 됐다.

그리고 그 실제 인간이 나를 태워도 좋은 손님으로 판단한 것은 순전히 내가 택시를 잡은 위치 덕이었다.

"유일고 학생 맞지? 거기 다른 건 없잖아."

그의 말에 건성으로 고개를 끄덕이며 손으로는 바쁘게 스페셜-홀로를 켰다.

홀로그램 이해돈이 등장하자마자 내가 물었다.

"아까 옮긴 정보, 업로드했어?"

"아직. 유일고 근처라 인터넷이 불안정해."

"무슨 정보?"

그때 상담원이 다시 끼어들었다. 첫눈에 눈치챘지만 참견하기를 좋아하는 성격인 듯했다. 나는 그저 홀로그램 화면만 묵묵히 새로고침 하고 있었는데, 상대는 이에 아랑곳하지 않고 말을 이었다.

"캬, 너 말야. 나중에 부모님한테 잘해야 한다? 좋은 학교 가는 게 혼자만 잘났다고 되는 게 아니거든. 이 전폭적인 지지와 염려가 크흐, 피똥 싸는 거지."

나는 그저 창밖을 바라봤다. 아무래도 원래 인터넷을 쓰는 도구가 아니던 상점 시계에 홀로그램 이해돈만 이식해 놔서 작동에 오류가 생긴 듯했다. 작동하지 않는 로딩 화면을 살피고 있느니 지나가는 풍경을 보는 편이 나았다. 어디로 가느냐는 상담원의 말에 군더더기 없이 우리 집 주소를 댔다.

상담원이 물었다.

"근데 말이야, 거기 학생들은 진짜 빈민을 혐오하나? 저 멍청하고 세금만 축내는 것들, 하면서 일반 사람들을 우습게 보고 그래?"

지금과 같은 긴급 상황이 아니더라도 대답할 가치가 없는 말이었다. 나는 다시 한번 침묵을 유지했는데, 그때 상담원의 얕은 인내심도 바닥이 난 듯했다.

"쯧, 되게 비싸게 구네. 아직 진짜 스페셜리스트도 아닌 게."

상담원은 막무가내로 홀로그램 TV를 틀었다.

"저 괜찮은데."

손을 젓는 내 의사 표현도 통하지 않았다. 저건 도대체 무슨 심보야? 하지만 결국 나도 포기했다. 굳이 지금 택시 상담원과 언쟁을 벌일 필요는 없었다.

TV에서 실시간 패션 트렌드가 한창 흘러나왔다. 유행은 돌고 돈다는 상투적 문구가 나오던 그때, 치지직 하고 훨씬 더 심각한 소음이 울렸다. 곧 택시 안은 TV에서 나오는 새된 비명으로 가득했다. 나는 곧장 화면 쪽을 돌아봤다.

눈앞에 익숙한 공간이 펼쳐져 있었다. 불과 십여 분 전만 해도 내가 활보하던 유일고의 정경이었다.

"엄마야. 이거 너희 학교 아니냐?"

택시 상담원도 같은 사실을 눈치챈 듯했다. 꿀꺽. 저절로 마른침이 삼켜졌다. 지금 송출되는 저 소동을 일으킨 장본인이 바로 나였으니까. 저 장면을 다 촬영하고 있었다니. 심지어 이영찬은 사건의 전후까지 교묘하게 편집해 놨다.

아마도 다른 날 촬영한 듯한 평범한 선생님들의 모습이 먼저 비쳤다. 그 뒤에 오늘 아침 선배들이 선생님들의 목에 제트주사를 박아 넣는 모습이 이어졌다. 물론 실제 있었던 일이긴 했지만, 일이 발생한 맥락이 전혀 달랐다. 심지어 선배들을 찍은 장면에서는 이를 악문 얼굴과 번들거리는 눈빛 등을 지나치게 클로즈업했다. 꼭 폭도나 야수의 모습처럼.

상담원은 그 영상과 함께 떠오르는 자막을 성실하게

입으로 옮겨 주었다.

"세상에나, 제트주사 테러래. 저 일을 벌인 주동자 학생이 한 명 있대."

땀방울 한줄기가 옆얼굴을 타고 주륵 흘렀다.

"저, 그만 보고 싶은데요."

"왜? 저거 봐, 학교에 위해라는 것을 계획을 품고 황급히 도주 중이라는데?"

화면에 달리는 내 뒷모습이 정확히 찍혀 있었다. 다행히 아직 상담원은 내가 영상 속 그 아이라는 것을 눈치채지 못한 것 같았다. 그 와중에 편집이 너무 교묘하다는 생각이 들었다. 쫓는 선생님들 쪽을 비추지 않아 꼭 내가 일방적으로 학교를 휘젓고 있는 것처럼 보였다. 선생님들을 보고 얼어붙은 아이들이 나 때문에 겁먹은 것처럼 보이기도 했다.

바로 그때, 달리는 내 한쪽 발에서 신발이 툭 벗겨졌다.

"독하다. 혹시 학생도 아는 애……."

아, 4층 복도에서였구나. 그 순간 도무지 다물어지지 않던 택시 상담원의 입이 꾹 다물어졌다. 이제 뉴스는 아예 입학식 때 찍힌 내 얼굴을 숨김없이 공개했다. 그쯤 되니 상담원 쪽에서 알아서 뉴스를 껐다. 하필 그 시점에 옆 얼굴의 땀방울이 카시트로 똑 떨어졌다.

택시 상담원이 떨리는 목소리로 물었다.

"저기…… 그, 어디로 간다고 했지?"

"거의 다 온 거 같은데, 왜요?"

답은 최대한 차분하게 하면서 손은 점점 차 손잡이로 향했다. 어느덧 우리 옆 옆 동네까지 들어선 게 그나마 다행이라면 다행이었다. 이대로 십 분 정도만 더 차를 타고 가다가 집으로 가 부모님께 보호를 요청하면 된다.

그런데 어째서인지 택시는 다시 좌회전했다. 내가 알기로는 여기서 직진해야 옳았다. 아, 사태를 깨닫자마자 나는 차 문을 벌컥 열었다.

"학생, 위험해!"

상담원의 잔뜩 벌어진 눈, 코, 입을 뒤로 하고 그대로 차 밖으로 몸을 날렸다.

＊

우리 동네까지 걸어서 삼십 분이면 될 줄 알았던 거리

가 한 시간도 넘게 걸렸다. 무릎과 팔꿈치를 포함해 어디하나 성한 구석이 없었다. 특히 처음 차도에 닿은 오른쪽 허벅지가 아스팔트에 완전히 쓸려서 내딛는 보폭이 저절로 좁아졌다.

가는 길 내내 마주치는 행인을 모두 신경 써야 했다. 다들 피투성이의 어린 아이를 힐끗 쳐다봤다. 어느 순간부터 사람을 마주칠 때 내가 먼저 샛길로 피하게 됐다. 아는 동네도 아니고 모르는 동네의 골목길만 찾아 걷다 보니 평소보다도 이동하는 시간이 배가 걸렸다.

우리 동네 초입에 다다랐을 때, 이영찬에 관한 폭로고 뭐고 우선 침대에 누워서 쉬고 싶었다. 하지만 그럴 수 없었다. 마침 올려다보이는 상가 건물 전광판에 우리 부모님의 얼굴이 나왔기 때문이다.

나란히 선 두 분의 표정은 심각해 보였다. 아빠는 눈물을 주룩주룩 흘리고 있었고, 엄마는 꼭 죄지은 사람처럼 거의 허리까지 머리를 숙이고 있었다.

아빠가 말했다.

"여름아, 돌아와. 집이든 학교든. 교장 선생님이 제때 돌아오기만 하면 선처해 주신다고 했어."

곧 엄마도 고개를 들어 꼭 따져 묻듯 말했다.

"여름아, 진짜 네가 불법 단체를 이끌고 교장 선생님을 협박했니? 다른 애들한테 자퇴해야 한다고 종용했어?"

저건 실시간일까? 언제 촬영된 영상이든 집에는 이미 이영찬 무리가 도착해 있을 것이다. 게다가 부모님은 그들의 말을 철석같이 믿고 있었다. 딸이 아무 이유도 없이 물의를 일으켰다고 생각했다. 그렇게 믿는 분들에게 지금이라도 내 억울함을 주장하는 게 과연 가능할까? 글쎄, 신뢰는 결국 상호적이라.

삼인방의 아지트 생각이 든 것은 자연스러운 순서였다. 부디 그 공간만은 여전히 안전하기를 바랐다.

놀랍게도 아지트는 거의 그 모습 그대로 유지되고 있었다. 작은 아동용 의자 외에 큰 성인용 의자 몇 개가 새로 생긴 것 빼고는 변한 게 없었다. 저건 누가 어떻게 들여온 거지? 순간 경계가 됐지만 이내 그 긴장도 풀렸다. 가구야 담장 위로 누가 던져 버렸겠지. 여기 들어올 수 있는 사람은 이 동네에 우리 스라소니 삼인방뿐이다.

나는 힘없이 의자에 앉아 곧장 스페셜-홀로를 켰다. 이해돈은 짐짓 심각한 표정을 짓고 있었는데, 거기에 대고 내가 다짜고짜 물었다.

"올렸어? 아무 소식 없어?"

이해돈은 고개를 그저 비스듬히 틀었다.

"그게, 업로드하고 나서 여기저기 보내기도 했는데 아직 답변이 없어. 어떤 데선 아예 받은 기록 자체를 삭제하고. 주요 방송사, 신문사들도 다 마찬가지야."

이영찬이구나. 과연 이영찬은 유일고를 설립한 스페셜리스트들의 아버지 같은 사람이었으니까. 스페셜리스트들도 그의 잘못을 덮어 주려 하겠지. 심지어 그들은 방송계고 법조계고 꽉 쥐고 있었다. 그래도 영상의 내용을 보면 느끼는 바가 있을 줄 알았는데, 답답했다.

"관심을 가지는 다른 사람들은 없고?"

"좀 작은 잡지사나 신문사 쪽에도 한번 연락해 보는 중이야. 너는 우선 좀 쉬어."

나는 고개를 끄덕였지만, 이내 이영찬의 스마트폰을 집어 들었다. 내게는 아직 확인해 보지 않은 영상이 많이 남아 있었으니까.

미주의 말대로 4년 전의 영상부터 켰다. 초반에는 다른 영상들과 마찬가지로 오직 어린 이해돈의 모습만 찍혀 있었다. 조금 특이해 보이는 파일은 5월 이후, 그러니까 4년 전 딱 이맘때쯤의 한 영상이었다.

그 영상에는 카메라가 소파의 정면이 아닌 뒤쪽에 설치되어 있었다. 꼭 소파에 앉은 자와 함께 맞은편을 넘겨다 보는 구도였다. 그나마 소파의 손잡이 쪽에 튀어나온 고사리손 덕분에 그 소파에 여전히 이해돈이 앉아 있음을 짐작할 수 있었다. 소파의 맞은편에는 나무 의자 하나가 놓여 있었는데, 영상의 프레임은 바로 그 의자의 눈높이로 맞춰져 있었다.

곧 영상 속에서 문 열리는 소리가 들렸다. 그리고 방 한가운데를 가로질러 가는 누군가의 하반신이 보였다. 나보다는 키가 크지만 그렇다고 완전히 성인 같지는 않았다. 그때 카메라의 뒤쪽에서 익숙한 목소리가 들려왔다.

"앉지."

역시, 이 영상을 찍은 사람은 이영찬 본인인 듯했다. 반면 상대의 정체는 여전히 알 수 없었는데, 이영찬의 딱딱한 목소리를 듣고도 상대는 그저 서 있었다. 화면은 상대의 가슴 높이에서 끊겼다. 크흠. 다시 이영찬은 두어 차례 헛기침했지만 상대는 요지부동이었다.

"좋아, 그러면⋯⋯."

그리고 이영찬이 결국 한 수 무르려는 순간, 상대는 천천히 착석했다. 누군가의 허가나 요청에 휘둘리지 않고 내 리듬에 따라 움직이겠다는 태도. 그런데 그 사람의 얼굴이 화면 안에 들어오자 내 감정은 한층 더 복잡해졌다. 지금 내가 뭘 보고 있는 거지? 나무 의자에 앉은 사람은 분명 나도 아주 잘 아는 상대였기 때문이다.

"날 여기까지 부른 이유가 뭐지?"

하지만 목소리까지 듣고 나자 나는 더 이상 내 눈을 의심할 수 없었다. 영상 속의 그 여자는 목소리마저 또랑또랑한, 영락없는 우리 언니였기 때문이다. 다시 보니까 기억이 났다. 저 팔짱을 낀 태도, 기분이 좋지 않을 때 상대를 꿰뚫어 보는 듯한 눈빛까지. 분명 언니가 맞다.

그런데 언니가 왜? 이영찬과 무슨 할 얘기가 있다고?

그때 이영찬이 말했다.

"네가 올해로 유급 4년째던가?"

"당신이 제안한 유급이잖아. 새삼 햇수를 헷갈리지는 않을 텐데."

화면 속의 언니는 노골적인 적의를 띠고 답했다.

"4년을 용케 버텼군. 그래, 감회가……."

"잔말 말고 용건이나 말해. 이곳 스페셜 타워 안에 왜 날 부른 거지?"

이영찬이 제안한 유급이라니. 언니는 왜 그 제안을 받아들인 걸까? 분명 언니도 나처럼 더는 주사를 맞기 싫었을 텐데. 게다가 저기가 스페셜 타워 안이라고?

언니의 이야기는 명확했지만 모든 맥락이 혼란스러웠다. 이영찬이 원래 학교 밖으로 학생을 따로 불러내는 사람인가? 무엇보다도 언니의 영상이 왜 이 사이에 껴 있는지 이해가 가지 않았다. 시간이 정지한 것만 같은 기괴한 영상과 언니가 도대체 무슨 상관이 있는 걸까.

이영찬이 말했다.

"단도직입적인 걸 원한다면야. 좋아, 내 가족을 소개하지."

불길하게도 언니의 시선은 천천히 소파 좌석 쪽으로 내려갔다.

"외모만 보면 어려 보이지만 실제로는 너보다 오빠야. 뭐, 순서 정리야 너희가 알아서 하면 되겠지. 어차피 인간의 정의에 너희가 굳이 따를 필요도 없을 테고."

"이 애가 누군데?"

"말했잖아, 내 가족이라고. 본인도 나이보다 어린 얼굴을 하고 있으면서 의외로 편견이 있네."

멈칫, 언니의 눈동자가 흔들렸다.

"설마, 이 어린아이에게도 제트주사를 맞힌 거야?"

"당연한 설명을 자꾸 시키는군."

"나보다 오빠라니? 그렇게 오랜 기간 제트주사를 맞히는 건 불법이야!"

그때 언니가 다시 고개를 저었다.

"아니, 안 들을래. 네 치부에 대해 속속들이 알아 봤자 결국 위험해지는 건 내 목숨일 테니까. 애초에 내가 4년 유급을 한 것도 이것과는 전혀 다른 조건 때문이었어. 그러니까 더 듣지 않을래."

조건부 유급이었다니. 그 후로는 긴 정적이 흘렀다. 눈을 깜빡이지 않는 언니의 눈빛만 봐도 둘 사이의 신경전을 느낄 수 있었다. 그때, 영상에서 처음 듣는 목소리가 새어 나왔다. 꼭 어린아이에게서나 나올 법한 맑고 높은 음성이었다.

"잘 이해를 못 했구나. 애초에 네게 선택권은 없어."

멈칫하던 언니의 눈이 다시 소파 쪽으로 향했다.

"영원히 자랄 수 없는 부작용. 2형 주사 7년 차면 이미 찾아왔을 거거든."

그리고 영상은 거기에서 끊겼다.

덜컥. 현실의 아지트 격벽이 움직인 건 바로 그 순간이었다. 나의 주의도 빠르게 현실로 들어왔다. 위치가 발각된 건가? 재생 중인 영상을 얼른 음소거 했다. 그 와중에도 격벽은 다시 한번 들썩였다. 나는 조심스레 주위의 돌멩이 하나를 집어 들었다.

걸걸한 성인 남자의 목소리와 안정적인 여자의 목소리가 들려왔다. 들어오면 맞서 싸워야겠지? 으, 꼭 돌멩이가 아니라 미끈거리는 비누를 집은 것처럼 꽉 쥔 손의 힘이 풀릴 듯 위태로웠다.

그래서였을까? 격벽이 정말 문처럼 옆으로 젖혀졌을 때 나는 다짜고짜 침입자들을 향해 달려들었다. 너무 겁이 나 오히려 눈은 꼭 감은 채였다.

"여, 여름아, 멈춰. 우리야, 스라소니!"

스라소니란 말에 내 눈이 다시 번쩍 뜨였다.

"그래서 주사 끊은 뒤로 이렇게 됐단 말이지?"

떨떠름한 내 말에 형진이는 어색하게 뒤통수를 긁었다. 아무리 내가 의자에 앉아 있다지만, 이제 형진이의 얼굴을 나는 한참 올려다봐야 했다. 과연 주사만 끊으면 180센티는 훌쩍 넘을 거라던 형진이의 말이 허풍은 아니었던 듯했다.

수아는 내 앞에 쪼그려 앉아 붕대를 감아 주었다. 워낙 어른스러운 성격인 수아가 성장한 모습으로 나를 치료까지 해 주고 있으니 훨씬 언니처럼 느껴졌다.

"일하고 오느라 뉴스를 너무 늦게 봤어. 방송에 네가 도망 중이라고 나오는데, 만약 용돈 시계도 없이 나온 거면 왠지 여기로 왔을 것 같더라."

나는 고개 숙인 수아를 힐끗 봤다.

"나한테 화 안 났어?"

"당연히 화났지. 뭔진 몰라도 그렇게 재수 없이 휑 가 버리고, 나중에 풀어 보려고 해도 우리 연락도 안 받고. 괘씸했지. 그랬는데……."

수아가 힘주어 붕대의 매듭을 꽉 묶었다. 동시에 고개를 들어 나를 바라봤다. 소처럼 순한 눈이었다.

"괘씸하다고 갈라질 사이냐, 우리가?"

형진이가 내게 스마트폰을 돌려줬다. 아까부터 계속 동영상 이야기를 하는 나 때문에 내가 치료받는 동안 형진이가 나머지 영상을 살펴보고 있었다.

"아까 그 영상은 정말 네가 봤다는 데까지가 끝이더라. 그 뒤 날짜 영상엔 다시 똑같은 아기의 모습만 담겨 있고. 확실히 이상해. 정말 그 아기가 이해돈이고 새봄 누나도 같은 부작용이 생긴 거라면……."

우리 언니에 관한 이야기라 형진이는 내 기분을 살피는 듯했다. 내가 선선히 고개 저었다.

"일단 이영찬의 치부를 밝혀야지. 물론 시간이 지나면 화도 나고 슬프겠지만, 지금은 상황이 너무 급박해서 그런지 실감이 안 나기도 해."

"우리 여름이, 성장했네."

수아가 그렇게 말하며 내 코를 톡 쳤다. 나는 수아를 흘겨봤다.

"나 원래 일 처리 철두철미한 편이거든?"

"그게 아니라, 조금은 네 감정에 솔직해진 것 같아서. 전에는 안 그랬잖아."

수아의 말이 새삼 내 머리를 울렸다. 그러고 보니 그동안 나는 언제나 해결책이 먼저였다.

언니의 죽음이 미심쩍다? 그러면 얼른 독립해서 그 죽음을 조사해 보자. 알고 보니 언니 죽음의 진실을 부모님은 알고 있었다? 그러면 유일고에 입학해 나도 그 진실을 알아보자. 이영찬에게 물어보자. 혹은 그의 비밀을 캐내 보자. 그렇게 전략적으로 접근하다 보면 내 감정은 언제나 뒷전이었다.

지금은 적어도 뒤로 미뤄 둔 감정이 있다는 사실만큼은 알고 있었다.

딩동. 내가 그런 생각에 빠져 있을 때 스페셜-홀로에서 알림음이 울렸다. 황급히 상점 시계를 작동했다. 곧 홀로그램 이해돈이 우리 눈앞에 나타났다.

"찾았어, 여름아. 어? 다른 사람들도 있네?"

"응, 내 친구들이야. 신경 쓸 거 없어."

이해돈은 홀로그램답게 내 말에 토를 달지 않고 차분히 고개를 끄덕였다.

"유일고 출신 무명 기자야. 한때는 스페셜리스트 출신이었지만, ST돔의 안과 밖이 분리되어 사는 것에 반대해서 모든 걸 버리고 나왔대. 이영찬의 비밀을 말해 주겠다고 하니, 그쪽에서도 상당한 흥미를 보였어."

이번에는 제대로 된 조력자를 찾은 듯했다. 그 뒤로 이해돈이 나를 대신해 그 기자와 약속 시간과 장소를 정했다. 지금으로부터 한 시간 후, 만나는 장소는 여기와도 가까운 한 상가 건물이었다. 다만 그 장소에 나 혼자만 가는 게 조건이었다. 그 사람도 오랜 시간 스페셜리스트들의 추적을 피해 온 입장이라 특히 조심스럽다고 했다.

고개를 끄덕이고는 얼른 나갈 준비를 하자 수아가 나를 붙잡았다.

"숨 좀 돌리고. 밥도 못 먹었을 거 아냐, 너."

곧 수아와 형진이는 나를 앉혀 두고 무언가를 뚝딱뚝딱 준비했다. 붕대를 꺼낸 가방에서 휴대용 점화 도구며 조리 기구 등이 하나하나 튀어나왔다. 간혹 편의점 음식이 보이기도 했다. 그냥 저걸 주면 될 텐데, 둘은 그걸 섞고 볶고 다시 그릇에 담고를 한참 반복했다.

잠시 후, 그들은 따끈한 김이 나는 음식을 일품요리라

며 내놨다.

형진이가 앞으로 한 발자국 다가오며 물었다.

"수아 형진 수프야, 어때? 진짜 음식만 못하지?"

"아직 여름이 먹지도 않았거든?"

수아가 형진이를 제지하고는 내게 말했다.

"실은 우리 둘이 음식 사업을 시작해 보기로 했거든. 진짜 식재료는 구할 수 없으니까 편의점 음식들 이리저리 조합해서. 먹고 어떤지 좀 알려 줘. 형진이, 얘 요새 완전 몰입했어."

아아, 원래도 편의점 좋아하더니. 평범한 서비스직에 종사하는 게 아니라 아예 사업을 시작했구나. 장사가 도박 취급받는 요즘이지만 부디 내 친구들만큼은 잘되기를 바랐다. 주어진 조건 안에서 꿈을 품는 그들을 실제로 보니 그 모습은 결코 어리석어 보이지도 괘씸해 보이지도 않았다.

한 입 떠먹은 수프의 맛은 나름대로 훌륭했다. 솔직히 말하자면 유일고의 진짜 음식에는 미치지 못했다. 이 수프를 포함해 내가 그동안 먹어 오던 가짜 음식이 그저 단선적인 자극이었다면, 진짜 음식의 맛은 그야말로 온갖 방향으로 나를 자극했다.

친구들에게는 진실과 다른 대답을 전했다.

"맛있다. 내가 먹어 본 음식 중에 제일."

그런데 먹다 보니 좀 의아해지는 지점도 있었다.

"근데 왜 둘이 같이 시작했어? 원래 수아는 그냥 취직한다고 그러지 않았나?"

"아, 그게 말야……."

이상하게 형진이는 내 시선을 피했다. 수아가 그런 형진이의 한쪽 팔을 스윽 제 양팔로 감싸듯 가져갔다.

"그렇게 됐어. 애가 좀 크니까 달라 보이더라."

품. 그 말에 나는 먹고 있던 수프를 도로 뿜어낼 수밖에 없었다.

＊

잠시 후, 나는 시간에 맞춰 약속 장소에 도착했다. 그래도 친구들 덕분에 긴장을 조금 풀 수 있었다. 수아는 위급할 때 쓰라며 자기 월급 시계도 풀어 줬다. 약속 장소는 내게도 익숙한 우리 동네의 폐상가였다. 건물 초입에 도착하자, 다시 이해돈을 통해 건물의 13층으로 올라오라는 메시지가 도착했다.

한낮인데도 13층은 온통 우중충했다. VR 데이트룸, 아바타 감성 주점, 랜선 뮤직방 등 한눈에도 저질 같고 오직 밤에만 장사할 것 같은 가게가 모두 불을 끄고 있었다. 저런 게 바로 요즘 빈민의 '부족할 것 없는 삶'이라는 거지? 당연한 풍경이라 생각하고 지나다니던 곳이었는데 새삼 그동안 우리가 얼마나 유해한 환경에 살아왔는지 다시 보였다.

그때 어둠 속에서 한 여성의 목소리가 들렸다.

"너무 음침한 곳으로 불러내서 미안해요."

곧 그 목소리의 주인이 복도 저편에서부터 모습을 드러냈다. 삼십대 중반쯤의 여유로운 느낌을 풍기는 여자였다. 그쪽에서 먼저 내게 손을 내밀었다.

"만나서 반가워요, 연락 드렸던 한혜빈 기잡니다."

나는 얼결에 손을 맞잡았다. 한 기자는 어둠 한편에 미리 마련한 자리로 나를 안내했다. 내게 텀블러에 담은 홍차를 권했는데, 내가 뭐라 하기도 전에 자신이 먼저 한 모금 마셨다. 그러고 나서 곧장 이야기를 시작한 한 기자는 거침이 없었다. 약속 조건 때문에 내심 까다로운 사람일 거라고 생각했는데 잔뜩 얼어 있는 나를 대신해 한 기자는 상황도 빠르게 정리해 나갔다.

"그러니까 여름 학생 말고, 그 영상의 정체를 아는 건 유일교에 한 명, 또 외부 친구 두 명뿐이군요. 그들은 어딨나요? 지금 안전한 거 맞나요?"

"일단은 노코멘트 할게요."

한 기자는 알았다는 듯 순순히 고개를 끄덕이고 이어서 물었다.

"여름 양은 영상을 어디까지 본 건가요? 그 이해돈으로 추정되는 아이 말고 다른 광경은 없었어요?"

"아, 그게……."

나는 이어서 우리 언니 모습을 영상에서 발견했다는 것을 이야기했다. 부작용이니 이영찬이 제안한 유급이니 하는 사정에 대해서도 털어놓았다. 한 기자의 표정은 한층 더 심각해졌다.

"그 말이 사실이라면 정말 심각한 문제네요. 그럼 이영찬은 일부러 새봄 학생의 부작용을 유도했다는 소리잖아요. 주사에 뭔가 부작용이 있을 거라고는 생각했어요. 저도 ST돔에 있을 때 제트주사에 관한 연구를 살펴보려 했는데, 이상하게 그 자료는 접근할 수가 없더라고요."

한 기자는 내게 스윽 손을 내밀었다.

"괜찮다면 원본 자료를 제가 볼 수 있을까요?"

선뜻 팔이 움직이지 않았다. 한 기자는 걱정하지 말라는 듯 한층 더 부드러운 미소를 지어 보였다. 하, 이런 게 바로 트라우마라는 걸까. 그저 사람 좋아 보이는 미소일 뿐인데, 나는 그 순간에도 안드로이드 선생님이 떠올랐다. 이상하게 머리가 지끈거렸다.

기자님은 뻗은 손이 민망하다는 듯 머리를 흔들었다. 바로 그때, 전에도 여러 번 맡아 본 적 있는 익숙한 향이 내 코끝에 스쳤다. 불쾌한 나무 향이었다. 한 기자가 나를 힐끗하는 게 느껴졌다. 아, 왜 몰랐을까. 심지어 이 나무 향은 이영찬 집무실에서 나던 것과 같았다.

나는 그제야 황급히 자리를 박차고 일어났다. 하지만 그 순간 휘청, 세상이 모로 기울었다. 그대로 자리 아래로 털썩 엎어졌다. 다시 몸을 일으켜야 하는데 도저히 팔다리에 힘이 들어가지 않았다. 가물가물한 시야에 마지막으로 들어온 것은 웃음기 하나 없는 한 기자의 얼굴이었다.

한 기자가 꼭 스피커로 사용되던 유일고 선생님들처럼 턱을 주욱 뺐다. 그 사이로 전혀 삼키지 않은 찻물이 고스란히 흘러나왔다.

인류의 미래

눈을 떠 보니, 어둡고 낯선 방이었다. 가로세로 3미터 남짓의 좁은 공간에 가구라고는 일절 없었다. 눈앞에 있는 문은 아예 손잡이도 없었다. 벽면 높이 뚫린 작은 창문에도 쇠창살이 달려 있었다. 쾅. 황급히 문 쪽에 몸을 날려 봤지만 강철로 만들어진 듯 아주 묵직한 소리만 되돌아올 뿐이었다.

도대체 얼마나 갇혀 있던 걸까? 창문으로는 은은한 달빛이 빗금 모양으로 스며들었다. 낑낑대며 쇠창살에 매달려 보니 세상은 한밤중이었다. 꽤 높은 곳에 위치한 방인지 시야에 걸리는 건물이 없었다. 조금 더 위로 올라가 더 아래쪽까지 내려다봤다. 희한하게 주변의 고층 건물은 내가 갇혀 있는 곳이 유일했다.

나머지는 모두 단층의 건물이었다. 집마다 수영장과 넓은 정원이 딸려 있고, 집 주변으로 아름다운 홀로그램 나비가 날아다녔다. 사과며 홍시며, 게다가 정원에 있는 나무에는 계절을 잊은 과일이 주렁주렁 매달려 있었다. 정부가 산소 농도를 위해 보급한 개량형 가로수 모델이 아닌 진짜 과실나무였다.

이렇게까지 부촌이 존재한다고? 이런 건 한 번도 본 적이 없는…….

문득 내 머릿속에 번뜩이는 생각이 있었다. 어쩌면 이곳은 정말 내가 본 적 없는 공간일지도 몰랐다. ST돔 내부는 TV 프로그램에서도 단 한 번도 송출된 적이 없으니까.

이곳이 ST돔 내부라면 내가 갇힌 건물은 아마도 스페셜 타워일 것이다. 나는 다시 하늘을 올려다봤다. 안쪽을 들여다볼 수 없던 바깥과 달리 불투명 홀로그램 패널의 안에서는 아름다운 밤하늘을 여과 없이 볼 수 있었다.

내 몸을 확인해 볼 생각이 그제야 들었다. 황급히 옷을 더듬었지만 역시나 스마트폰은 없었다. 내 상점 시계도 수아의 월급 시계도 모두 누군가 풀어갔다. 망했다. 그게 없으면 이영찬의 악행을 증명할 증거가 사라지는데. 멍청하게, 접선 장소에 그걸 다 들고 가서는…….

망연자실해 있는 그때, 누군가 기척도 없이 문을 벌컥 열었다. 문을 연 것은 두 구의 안드로이드였다. 이곳의 안드로이드는 모두 얼굴에만 피부가 씌워져 있고, 몸체에는 기계의 뼈대가 그대로 노출되어 있었다. 안드로이드들은 무표정하게 나를 내려다봤다.

"여름 학생. 저희를 따라가셔야겠습니다."

곧 그들은 따로 구속 장치 없이 나를 사이에 끼고 일렬로 걸어갔다. 좀 이상한 일이었다. 학교에서도 느꼈지만, 안드로이드가 나한테는 함부로 대하지 않는다는 인상을 받았다. 나는 최대한 내가 가는 길을 외워 두려 다가 이내 포기했다. 스페셜 타워의 구조는 실로 미로와 같았기 때문이다.

몇 번 승강기를 나눠 타고, 코너를 돌고, 경사로를 지나서야 커다란 문 앞에 멈췄다. 안드로이드들은 나 혼자 들어가라는 듯 문 양쪽에 그대로 자리를 잡았다. 문을 열자,

그 안에 익숙한 뒷모습이 보였다. 나는 홀린 듯 안으로 들어갔다.

"너는?"

묻는 내 말에 그는 천천히 나를 돌아봤다. 역시나 그의 정체는 홀로그램 이해돈이었다. 그런데 크기가 꽤 컸다. 특유의 반짝거리는 느낌만 아니더라도, 실제 사람이라 오해할 만한 크기였다.

"미안해, 여름아. 증거물을 처리하느라 어쩔 수 없었어."

이해돈의 어투는 여전히 소름 끼칠 정도로 친근했다.

"도대체 언제부터야. 유일고 입학 후?"

한 기자가 가짜임을 알게 됐을 때부터 나는 이 사태에 이해돈도 연루되어 있음을 깨달았다. 구체적으로는 나무 향 때문이었다. 그들은 총 세 번이나 나를 같은 향으로 안정시키려 했으니까.

이해돈이 고개 저으며 말했다.

"솔직히 말하면 네 언니의 장례식 때부터였지. 상담 핑계를 대며 너에게 의도적으로 접근했어. 아마 이게 안 통했다면 다른 수를 고안했을 거야."

"도대체 왜 그렇게까지 한 건데?"

이해돈이 고개를 들어 나를 바라봤다.

"네가 한새봄의 동생이니까. 한새봄의 죽음이 자살로 잘 위장되었는지 확인해야 했으니까."

뭐라고? 그를 바라보는 내 눈에 저절로 힘이 들어갔다. 반면 이해돈의 얼굴은 갈수록 미안한 기색이 사라졌다.

"하, 이거까진 얘기 안 하려 했는데. 뭐, 들은 대로야. 혹시 너희 언니가 차도로 뛰어들었다고 생각했니? 자살이란 말을 정말 믿었어? 실은, 우리가 총을 쐈거든. 인적이 드문 곳이라 목격자나 사고 현장을 처리하기도 쉬웠어. 근데 중요한 건 그게 아니라……."

"그게 무슨!"

하지만 이해돈은 내 반문에 아랑곳하지 않고 다시 화제를 돌렸다.

"처음엔 감시의 목적으로 널 지켜봤는데, 상담하다 보니 생각보다 네가 더 흥미롭더라. 확실히 한새봄의 동생답게 겁 없고 똘똘했어. 근데 결정적으로 네 언니랑 넌 서로 다른 점이 하나 있었어."

"언니의 죽음에 대해서나 해명해!"

나는 그렇게 외치며 동시에 달려들었다. 하지만 홀로

그램인 이해돈의 몸을 나는 저항 없이 통과했다. 하아, 하아. 솟구치는 분노에 어깨가 저절로 들썩였다. 반면 이해돈, 아니 이영찬은 상당히 여유 있어 보였다. 홀로그램 뒤에 도사린 그는 딱히 변명조차 하지 않았다.

"곧 모든 걸 알게 될 거야."

그 말을 마지막으로 이해돈의 홀로그램은 천천히 흐려지다 곧 감쪽같이 사라졌다.

충격이 가시지 않은 채 갇혀 있던 방에 돌아와 보니, 뜻밖에도 다른 사람이 한 명 더 들어와 있었다. 내가 요즘 가장 안부를 궁금해하던 사람이었다.

"재후 선배?"

하지만 선배는 대답하지 않았다. 아마 그럴 수 없었을 것이다. 이미 선배는 꼭 방 한편에 막 벗어 놓은 옷처럼 정신을 잃고 늘어져 있었으니까. 나는 다가가 선배의 상태를 살폈다. 온몸에는 오랜 시간에 걸쳐 생긴 듯한 흉터와 멍이 한가득했다.

"이게 무슨 짓이야!"

나는 악에 받쳐 외쳤지만 돌아오는 대답은 문 닫히는 소리뿐이었다.

＊

　나는 우선 선배 얼굴에 맺힌 피와 식은땀을 먼저 닦아
주었다. 다행히 그들은 우리가 먹을 물과 밥은 넣어 주었
다. 내 소매에 그 물을 조금 묻혀 먼지와 함께 겹겹이 굳은
선배의 피딱지를 닦아 냈다. 자세가 불편해서 아예 무릎
에 선배의 머리를 받쳤다. 무릎에 닿은 목덜미가 불덩이
처럼 뜨거웠다. 하지만 열심히 손으로 부채질해 주는 것
말고는 이 안에서 달리 열을 식힐 방도가 없었다.

　"하아, 하아."

　그렇게 삼십 분쯤 지나자 다행히 선배의 밭은 숨에 조
금씩 음성이 섞이기 시작했다. 실같이 떠진 눈에도 조금
씩 초점이 돌아왔다. 잠시 후, 드디어 내 존재를 인식한 선
배가 힘겹게 입을 뗐다.

　"미안해. 네, 네 이름은 어떻게 안 건지……."

　그 말을 들을 때는 정말 눈물 쏟을 뻔했다. 과연 선배
는 동아리원들의 정체를 실토하라 고문당하던 중이었을
것이다. 그 후 다른 회원들에게 별문제가 없었던 걸 보면
아마 끝까지 입을 열지 않은 것 같았다. 하지만 이제 나는

실상을 알고 있다. 그들이 우리의 정체를 알게 된 것은 다른 누구의 탓이 아니라 바로 내 탓이었다. 집으로 휴가를 나갔을 때, 내가 재후 선배와 내 이야기를 이해돈의 스페셜-홀로에게 했기 때문이다.

흐읍. 떨려 오는 숨을 가까스로 추슬렀다. 안 돼, 지금 나까지 약해질 수 없어. 다행히 선배는 열이 많이 내려서 호흡도 점점 안정되고 있었다.

다시 눈을 감고 잠에 빠진 선배의 숨소리를 듣고 있자니 나도 금세 피로가 몰려왔다. 어찌 보면 당연한 일이다. 오늘 내내 내 체력 이상으로 너무 많은 일을 겪었으니까. 하아, 그래. 우느니 차라리 체력을 보충하자. 나는 그렇게 속으로 되뇌며 저항하지 않고 눈을 감았다. 애초에 내게 선택의 여지가 없었다는 듯 잠은 순식간에 찾아왔다.

그날 밤, 나는 언니 꿈을 꿨다. 하지만 평소와는 조금 풍경이 달랐다. 언니와 나는 우도의 올레길 한복판에 서 있었다. 내가 훨씬 어렸을 때, 언니가 유일고에 입학한 기념으로 함께 다녀왔던 둘만의 겨울 여행이었다.

살갗이 아린 겨울 우도의 바닷바람이 불어온다. 꿈인 걸 알지만 현실처럼 생생하다.

"여기 담장들, 다 멍청이 같아."

어린 내가 바로 돌담 탓을 한다. 아닌 게 아니라 구멍이 숭숭 뚫린 구조 탓에 차가운 기운이 전혀 막히지 않는다.

그때 내 뒤에서 언니가 짐짓 어른스럽게 말한다.

"지키는 데도 다 다른 방식이 있는 거야."

고개를 돌려 보니, 정작 자기는 챙겨 온 스카프를 머리에 꽁꽁 싸매고 선글라스까지 쓰고 있다.

"치, 자기는 완전무장했으면서."

"누가 스카프 놓고 오랬냐?"

"이상해 보이는 주제에. 선글라스는 왜 썼어?"

"괜히 피부 타서 누구처럼 주근깨 생길라."

비록 얼굴의 많은 부분을 가리고 있었지만 씨익 웃으며 길게 찢어진 언니의 입매만큼은 숨기지 못한 장난기가 역력하다. 어린 나는, 그제야 언니가 말한 '누구'가 바로 나였다는 사실을 알아차린다.

"이씨, 너 잡히면 가만 안 둬!"

"너보다 열 살이나 많은데 너라고 하기 있기냐?"

내 추격은 예고를 동반할 정도로 허술하다. 반면에 언니는 저보다 훨씬 어린 동생이 따라오는 걸 은근히 기다린다. 어디 코너라도 돌면 혹여 동생이 사라진 건 아닐까 자꾸 기웃기웃한다. 결국 내가 먼저 무릎을 짚으며 승부는 결정된다. 하아, 하아. 숙인 상체에서는 거친 숨이 새고, 더 이상 두 다리는 움직이지 않는다. 먼저 포기한 민망함을 새어 나오는 웃음으로 덧씌운다.

그러면 저 멀리에서 언니도 웃는다. 티끌 한 점 없이 해맑게.

이상하다고 말했지만 사실 바다를 배경으로 서 있는 언니의 모습은 얄미울 정도로 완벽하다. 언니는 곧 주변을 둘러본다. 나는 이 모든 걸 기억하리라 다짐한다. 제 기능을 못 하는 돌담도 꼭 웅크린 듯한 단층집도 웃자란 잡초와 그 안에 목욕하듯 몸을 담근 순한 소들도.

이 모든 광경을 함께 보고 있는 언니까지도.

언니는 풍경에 넋을 놓고 있는 내게 어느덧 바싹 다가와 배낭에서 무언가를 꺼낸다. 치, 안 챙겨 왔다면서. 자세히 보니 그건 내 스카프다. 언니는 말없이 진지한 얼굴로 내 머리에 스카프를 꼭 싸매 준다. 정말 이 얇은 천의 방한 효과가 그렇게 뛰어난 건지, 순간 내 몸은 가슴 한가운데부터 천천히 데워진다.

툭, 투둑.

이상한 일이었다. 잠에서 깬 것까지는 그렇다 쳐도 뜨인 내 눈에서 자꾸 눈물이 떨어졌다. 꼭 날 풀린 겨울날의 처마처럼 눈물은 방울방울 흘렀다. 혹여 재후 선배 얼굴에 떨어질까 자꾸 눈가를 훔쳐도 한번 터진 눈물은 그칠 줄을 몰랐다.

"이게 왜 이래……."

그래, 어쩌면 언니가 내 꿈에 나온 것도 일종의 힌트일 수 있어. 날 도와주러 온 거겠지. 겨울바람, 어쩌면 바람을 찾아야 하나? 하지만 갇힌 방은 어디가 더하다 할 것 없이 냉골이었다. 게다가 내가 도저히 다른 데 집중할 상태가 아니었다.

흐윽. 참으려 해도 자꾸 감정이 북받쳤다. 꼭 막힌 보가 뚫린 듯, 이젠 흑흑 소리까지 내며 울었다. 도저히 참을 수가 없었다. 왜냐면, 왜냐하면 난 지금 언니가 필요했으니까. 지금도 애써 괜찮다고 생각할 뿐이었다.

솔직한 마음으로는 내내 원했다. 꿈이 아니라 현실로 딱 한 번만. 그렇게 선글라스를 쓴 모습이나 무뚝뚝한 사진 속 모습이 아니라 온전한 맨얼굴로 나를 보고 환하게 웃어 주던 그 모습을. 많이도 아니고 꼭 한 번만 더 볼 수 있기를.

"흐어엉. 흐윽."

그렇게 인정하고 나니 슬픔은 걷잡을 수 없이 커졌다. 내 가슴은 꼭 긴 창이 관통한 것처럼 허했다. 온몸이 저릿저릿했다. 통곡은 그칠 줄을 몰랐다. 내가 내는 목소리가 꼭 내 것 같지 않게 낯설었다. 심장박동 소리가 머리 한가득 둥둥 울리는데도, 나는 계속 울 수밖에 없었다.

내게 그렇게나 소중하던 언니가 이제는 세상에 존재하지 않는다.

*

완전히 소강상태가 된 채로 날이 샜다. 머리 위로 딱 창문 크기만큼 비치는 달과 태양의 각도가 시시각각 달라졌다. 갇힌 방 안 한구석에서 하얀 생쥐 두 마리를 발견한 건 바로 그 아침쯤이었다. 크기로 보아 아직 성체가 되지 않은 새끼 쥐들이었다.

어쩐지 그 쥐들이 나를 바라보고 있다는 생각이 들었

다. 그러고 보니 우리 밥그릇에 떠먹지 않은 밥이 고스란히 남아 있었다. 나는 힘 없는 손길로 그걸 쥐들에게 밀어줬다. 하지만 쥐들의 용건은 그게 아닌 듯, 그들은 계속 나를 바라보고만 있었다. 잠깐만. 저 쥐들은 여기 어떻게 들어온 거지?

그러다 한 마리가 어떤 벽면을 자꾸 긁었다. 제가 겨냥한 특정한 높이가 있는지, 그 작은 몸을 계속 벽 위쪽으로 날렸다.

"거길 확인해 보란 얘기니?"

반신반의하며 물은 거였는데, 순간 쥐들이 찍찍 소리를 내며 합창했다.

"설마, 내 말을 알아들어?"

찍찍 찍찍. 찍찍 찍찍. 나는 홀린 듯 몸을 일으켜 곧장 쥐가 긁어대던 벽면 이곳저곳을 더듬었다. 쥐가 몸을 던지던 곳에서 수직으로 한참 올라간 지점에 과연 얇은 틈 같은 것이 만져졌다. 그 깊이가 너무 얕아 눈으로 보이지 않을 정도였다. 나는 쥐들이 가리키는 부분을 꾹 눌렀다.

지이잉. 잠시 후, 굳게 닫혀 있을 것만 같던 출입문이 순순히 열렸다. 복도 밖에는 다행히 아무도 지키고 있지 않았다. 쥐들이 찍찍거리며 문가에서 나를 보챘다.

나는 황급히 재후 선배를 깨웠다.

"선배, 일어나야 해요. 어서요."

선배는 곧장 눈을 떴으나, 제대로 설 기운조차 없어 보였다. 선배의 팔 한쪽을 아예 내 목 뒤에 걸고 재빨리 갇힌 공간을 벗어났다. 그러자 쥐들이 앞장섰다. 환자를 대동한 나는 자꾸 뒤처졌다. 쥐들은 꺾어 들어가야 하는 코너가 나올 때마다 멈춰서 우리를 기다렸다. 꼭 올레길에서 나를 기다리던 언니 같았다.

실은 그들이 언니의 화신이 아니라는 것쯤은 진작에 알고 있었다. 미로 같은 스페셜 타워 안을 훤히 꿰고 있는 쥐들이었다. 어떤 시간과 공간을 넘어 이곳까지 온 것인지는 모르겠지만 이영찬의 최초 실험 대상이었던 쥐들이 분명했다. 그러니까 우리는 같은 적을 가진 셈이다.

쥐들은 우리를 점점 더 높은 곳으로 이끌어 한 승강기에 이르게 했다. 나는 손으로 승강기 버튼 하나하나를 훑었다. 내 손이 가장 최고층 버튼 앞을 지날 때 쥐들은 다시 한번 합창했다. 나는 그 버튼을 눌렀다.

언니도 이 승강기를 탔을까? 이영찬 무리가 언니를 죽

였다니, 도대체 왜 그런 짓을 벌인 걸까?

딩동. 엘리베이터는 작은 알림음을 내며 스페셜 타워의 맨 꼭대기 층, 펜트하우스에 멈춰 섰다. 곧 문이 열리고 펼쳐진 광경에 나는 입을 다물 수 없었다. 내 옆얼굴을 바라보는 재후 선배의 시선이 느껴졌다.

"여름아, 왜 그래?"

"전에도 본 적 있어요. 이영찬의 영상에서요."

그대로 선배의 팔을 놓고 방을 이리저리 둘러봤다. 저 고풍스러운 원목 가구 하며 높은 등받이가 있는 예의 그 소파까지. 그런데 방은 내가 알던 것보다 훨씬 컸다. 아마 영상은 방의 아주 일부분만 찍었던 것 같다.

소파 주변으로 온 사방에 전면 유리창과 겹쳐진 홀로그램 모니터가 빼곡하게 들어차 있었다. 건물 전체의 CCTV를 관측하는 관제실 같았다. 하지만 모니터에 재생되고 있는 건 CCTV 영상 같은 게 아니었다. 그것은 각종 전문 서적이었다. 화학공학에서 신소재 연구, 군중 심리론과 기타 최신 홀로그램 연구까지. 모든 화면에 제각기 다른 내용의 정보가 상영되고 있었다.

그때 비어 있는 줄로만 알았던 소파 뒤에서 가죽 비벼

지는 소리가 끼익 울리며 작은 목소리가 들렸다.

"용케도 출입구를 찾았군."

희한하게 발성이 높고 발음 뭉개지는 음성이었다. 바로 그때, 그와 간발의 차로 문 열리는 소리가 들렸다. 고개를 돌려 보니 그동안은 홀로그램에 가려져 보이지 않던 또 다른 출입문이 열려 있었다. 거기서 튀어나온 사람은 다름 아닌 이영찬이었다.

"해돈아, 큰일 났다. 그놈들이 탈출했어."

이영찬 역시 곧 우리를 발견했다. 스윽 무릎을 굽히고 자세를 낮춰 경계 태세를 취했다. 하지만 지금 우리 몸을 지킬 수 있는 물건은 아무것도 없는 그야말로 일촉즉발의 상황이었다.

기기긱. 소파에서 본격적인 마찰음이 들린 건 바로 그 순간이었다. 안에 주입된 전기에너지를 활용한 회전식 소파 정면이 천천히 우리 쪽을 향해 돌고 있었다. 비로소 그 위에 앉은 존재의 모습도 보였다. 이영찬의 영상에서 내리 찍어 왔던 아이, 진짜 이해돈이었다.

한편 재후 선배는 그 아이의 존재를 알게 된 게 지금이 처음이었다.

"네가 이해돈이라고?"

"아무리 비슷한 이목구비여도 확실히 우리가 고용했던 대역 배우만큼 내가 호감형은 아니지."

진짜 이해돈은 덤덤하게 답했다. 낯선 광경이었다. 외모며 음색이 영락없는 어린아이인 이해돈이 꼭 세상 달관한 듯 저를 깎아내리는 것은. 심지어 그는 말하는 내내 무표정했다. 자신 때문에 우리가 받은 충격에 전혀 관심도 없다는 태도였다. 이해돈은 이제 나를 응시했다.

"우선 주사에 관해 말해 볼까?"

"우리 언니를 왜 죽였어? 그것부터 실토해."

내 말에 오히려 재후 선배가 어깨를 들썩였다. 반면 이해돈은 여전히 무표정했다.

"과거 농경시대에는 한 사람이 열 명분의 일을 해내는 것이 불가능했어. 그래서 자식을 줄줄이 낳았지. 머릿수 하나하나가 곧 동등한 노동력으로 여겨졌으니까. 하지만 요즘 세상을 보면 어때? 스페셜리스트 한 명이 보통 사람들 100명, 아니 1000명분의 일도 뚝딱 해치울 수가 있잖아. 주사는 그걸 위해 개발됐어. 덜 중요한 노동력 위에 군림하는 더 나은 노동력을 만들어 내기 위해."

"언니에 대해……."

"어차피 이렇게 된 이상 나도 다 말해 줄 생각이야. 우선, 주사에 대해 말하자고."

나는 곧 그의 정신을 공격해 보기로 했다.

"바로 그 주사 때문에 넌 부작용을 겪고 있어. 네 아빠가 널 영원히 아기의 모습으로 만들었다고."

하지만 그 말을 듣는 이해돈의 표정은 차라리 권태로워 보였다.

"그게 뭐가 어때서? 내 생각에 기존의 인류는 성장과 생식에 지나치게 많은 에너지를 쏟아. 그 에너지를 모두 지적인 활동에 쏟았다면 어땠을까? 문제없잖아, 만약 어린아이의 육체를 가지고도 세상을 좌지우지할 만한 과학 기술을 다룰 수 있다면. 굳이 사람들이 '성인'이라 하는 그 외모를 갖출 필요가 있을까?"

내가 고개를 저었다.

"그것도 찰나일 뿐이야. 너 같은 사람만 존재한다면 인류는 곧 멸종되고 말겠지."

하, 그 말에 이해돈은 헛웃음을 지었다. 사실 웃는다는 행위가 수행됐을 뿐 거기에는 실제로 비웃는 감정조차 담겨 있지 않아 보였다.

이해돈이 말했다.

"아직 잘 모르고 있구나. 너희가 어떤 존재를 마주하고
있는지."

지이잉. 바로 그 순간 이상하게 방 안의 공기가 조금 후
텁지근하게 느껴졌다. 내 착각만은 아니었다. 방의 모든
홀로그램 패널이 영상을 빠르게 재생하기 시작했으니까.
곧 영상 속의 검은 글씨와 흰색 바탕이 합쳐져 사방에 회
색 노이즈 화면만 가득해졌다.

"이, 이게 무슨?"

"알고 있니? 너희와 대화를 나누던 이 순간에도 나는
이 컴퓨터들과 뇌파를 연결해 학습하고 있다는 사실을.
나는 한 시간 안에 수십, 수백 권의 책을 뗄 수 있어. 동시
에 안드로이드에겐 없는 행동의 유연성이 있지. 지금까지
의 연구 결과가 이런데, 조금 더 간다면 과연 영생이 불가
능하기만 한 일일까?"

그가 도대체 무슨 말을 하는지 잘 와닿지 않았다. 이해
하고 싶지도 않았다.

하지만 이해돈은 쐐기를 박았다.

"아직도 모르겠어? 난 말이야, 인류의 미래야."

✳

잠시 후. 이해돈은 다시 재생 속도를 원래대로 돌렸다. 홀로그램 기기가 만들어 내는 소음이 도리어 대화에 방해됐기 때문이다.

"이렇게 뇌를 마치 운영체제처럼 쪼개 쓰려면, 뇌가 간섭받는 데서 오는 스트레스를 조절해야 해. 즉, 공부를 방해하는 다른 감정은 무시해야 한단 말이지. 그래서 그런가. 이제 내가 느낄 수 있는 건 세상 유일한 존재라는 데서 오는 고독 정도야."

그쯤 되니 이해돈에게 일일이 놀랄 만한 기력도 사라졌다. 어서 그가 장광설을 끝내고 언니에 대해 이야기해 주기만을 기다렸다.

이해돈이 덤덤히 말했다.

"내가 한새봄을 유급시킨 건 그 이유였어, 외로움."

"뭐라고?"

처억. 바로 그 순간 우리의 대화를 잠자코 듣고 있던 이영찬이 품에서 무언가를 꺼냈다. 우리에게 겨눈 꼴을 보니 권총이 분명했다.

이해돈이 말했다.

"동아리원들을 퇴학시키겠다고 협박하니까 끝까지 유급을 잘 따라오더라고?"

"결국 협박 때문이었구나, 우리 언니가 7년 유급을 참은 이유."

이해돈은 고개를 끄덕였다.

"하지만 진실을 알고는 끝내 내 곁에서 도망쳤지. 그래서 빠앙."

바로 그 순간 이성보다 내 몸이 빨리 움직였다. 타앙, 이영찬은 정말 실탄을 쐈지만, 총알은 내 다리를 간발의 차이로 비껴갔다. 나는 그대로 달려들어 이해돈과 뒤엉켰다. 이해돈이 소파에서 떨어졌다. 나는 곧장 이해돈의 몸을 깔고 앉은 채, 그의 목을 양손으로 쥐었다.

이영찬이 소리쳤다.

"당장 손 떼!"

내가 홱 돌아봤다. 분노가 눈앞을 가려, 그의 표정이 제대로 보이지 않았다.

"언니의 다음 타자로 날 선택한 거잖아. 그렇게 오랜 시간 공을 들였으면서 이렇게 허무하게 죽여 버린다고? 방금 쏜 총알도 일부러 빗겨 쐈으면서."

내 아래에서 이해돈이 말했다.

"과연 한여름. 똘똘해."

이영찬은 이제 총구를 재후 선배에게 겨눴다.

"허튼짓하면 얘가 죽어."

"이젠 다 상관없어."

그 순간 내 목소리에는 분명 진심이 담겨 있었다. 쿵쿵 뛰는 심장이 입 밖으로 튀어나올 것 같았다. 언니를 죽인 게 고작 그런 이유였다니. 그런데 이놈들은 자신들이 벌인 일을 반성하지 않고 이렇게 당당하다니. 어쩌면 나까지 가둬 둘 계획이었을 것이다. 내게 진실을 술술 고하는 데 다른 이유는 없어 보였다.

이해돈이 다시 입을 열었다.

"바로 이런 모습이 날 사로잡았어. 네 언니는 너보다 영리했지만, 너무 물렀어. 결국엔 남을 위해 자길 희생하려 했지. 반면에 넌? 공부에 방해되는 고향 친구들을 딱 끊어 내고 부모님과는 으르렁대기만 했어. 네 심기를 거스르는 친구를 찾아가 강력히 응징하기도 했고. 심지어 네 언니가 죽었는데도 눈물 한 방울 흘리지 않았어."

"닥쳐."

하지만 이해돈은 내 말을 듣지 않았다.

"그러니 차라리 내게 복수해. 사랑이란 눈곱만큼도 모르는 넌 어쩌면 정말 내가 될 수 있을 거야. 차라리 날 죽이고, 내가 느꼈던 고독을 온전히 이해해 줘."

"죽여 버릴 거야!"

그의 목을 잡은 손에 점점 힘이 들어갔다. 귀가 먹먹했다. 안 된다고. 이해돈 본인보다 더 동요하는 이영찬의 목소리가 마치 저 멀리서 들려오는 듯했다. 재후 선배가 그런 이영찬의 권총을 쳐냈다. 하지만 재후 선배와 이영찬이 서로 엎치락뒤치락하는 소음도 아득하게만 느껴졌다. 나는 이해돈의 눈동자를 바라봤다. 목숨이 위태로운 순간에도 그의 눈동자는 그저 공허했다.

그리고 그 안에는 피도 눈물도 없어 보이는 또 다른 어린아이의 모습이 담겨 있었다. 너무 큰 폭력을 겪은 모습이었다. 그 아픔이 너무 커 이제는 똑같은 폭력으로 해소하는 것 말고는 다른 선택지가 없어 보였다.

어쩌면 난…….

하지만 컨트롤제트에서 내 모습은 그렇지 않았다. 나는 친구들과 싸울 줄도 화해할 줄도 알았다. 잘못에 대해 반성할 줄 알았다. 누군가를 사랑할 줄 알았다. 그런 감정을 너무 늦게 깨달았을 때, 진심으로 눈물 흘릴 줄도 알았다. 그러니까 나는 이해돈이 말하는 그런 애가 아니었다.

스르륵. 손아귀의 힘이 한순간에 풀렸다. 이해돈의 목은 손을 올려놓을 때부터, 너무 연약하고 부드러웠다. 비로소 주변의 소리도 온전하게 들렸다.

"하아."

내가 놓아 주자 이해돈이 진정으로 아쉽다는 듯 깊게 한숨 쉬었다.

"너만은 날 이해해 줄 줄 알았는데."

그 이후로 방 안의 홀로그램은 다시 한번 빠르게 돌았다. 이번에는 총천연색의 영상이 시시각각 빛깔을 바꿨다. 어어, 너무 뜨거운데? 회전하는 속도가 극한으로 빨라졌다고 느꼈을 때 펑 소리와 함께 방 안의 모니터는 결국 하나둘 터져 나갔다.

재후 선배와 엉겨 있던 이영찬이 절규했다.

"안 돼!"

그 순간 나 역시 이 기기들과 이해돈의 뇌가 뇌파로 연결되어 있다던 말이 떠올랐다. 황급히 다가가 이해돈의 손목을 짚었다. 하지만 그의 몸은 한없이 고요했다. 내가 그의 손목을 놓자 꼭 힘없는 물건처럼 툭 떨어졌다.

엘리베이터 도착 소리가 들린 건 바로 그때였다.

"재, 재후 선배?"

"여름아!"

뒤에서 각양각색의 목소리가 들려왔다. 엘리베이터에서 내린 건 동아리원들과 미주, 수아와 형진이 그리고 우리 부모님이었다.

에필로그

그날 유일고에서, 많은 학생이 고군분투하는 컨트롤제트 동아리에 가담했다고 했다. 안드로이드 선생님들의 힘이 셌지만, 전교생의 힘을 당해 낼 수는 없었다. 미주는 방송 중이던 기자의 마이크를 뺏어 들고 외쳤다. 이 학교의 교장 이영찬이 제트주사의 부작용을 숨기고 있다고. 한여름 학생은 학교에 테러를 하려는 게 아니라 이를 막으러 갔다고.

그 뉴스를 접한 부모님은 다시금 혼란에 빠졌다고 했다. 마침 돌아오지 않는 나를 걱정하던 수아와 형진이가 우리 집으로 향했다. 그들은 부모님을 설득한 끝에 스페셜-홀로의 상담 서비스가 실은 유일고 측에서 깔아 준 것임을 알아냈다. 처음부터 이영찬의 음모였다면 여름이는 분명 그의 본진으로 납치됐으리라. 그렇게 친구들과 부모님은 ST돔으로 향했다. 그 길에 미주 무리와도 합류했다.

ST돔 출입을 허락받는 문제로 반나절을 실랑이했다. 스페셜리스트 측에서 자신들이 이 문제를 재량껏 처리하겠다고 밝혔다. 찾아간 쪽에서는 사태가 사태인 만큼 아무도 믿을 수 없다고 했다. 결국 다음 날 아침, 친구들과 부모님 쪽 의견이 관철됐다. 사태가 잘못되면 이영찬 혼자 책임질 문제를 괜히 당신들까지 떠안을 수 있다고, 부모님이 엄포를 놓은 덕이 컸다.

그렇게 이영찬은 현장에서 검거됐다. 품 안에 여전히 영상을 지우지 못한 스마트폰과 지문이 잔뜩 묻은 권총을 증거물로 남긴 채.

며칠 후 재판장에 선 그에게 기자들은 물었다.

"도대체 왜 이런 일을 벌인 겁니까?"

이영찬은 덤덤한 표정으로 답했다.

"저는 그저 아이들에게 더 나은 인생을 선물해 주고 싶었습니다."

역시 미친 과학자야. 저거 봐, 일말의 동요조차 없잖아.

사람들은 곧 이영찬을 익숙한 방식으로 욕했다. 하지만 나는 사건이 발생한 당일 그의 모습을 알고 있었다. 그는 내가 공항 영상에서 발견했던 바로 그 얼굴로 엉엉 울고 있었다. 그리고 나를 포함한 모두가 이영찬의 처벌을 원했다.

하지만 제트주사의 처치에 관해서는 서로 바라는 바가 달랐다. 나는 주사가 폐기되기를 원했다. 이영찬의 말 중 2형 주사의 단가가 어마어마하게 비싸다는 것은 진실이었고, 이 경우 주사를 맞을 수 있는 사람은 여전히 소수에 그칠 테니까. 대부분의 사람이 주사가 가져다준 안락함을 포기하기 싫어했다. 어떤 사람들은 그냥 익숙한 세상이 바뀌는 것이 싫은 듯했다.

특히나 스페셜리스트들은 지금의 삶이 근간 채 흔들리는 것을 바라지 않았다. 하필 법조계를 그들이 꽉 잡고 있었다. 결국 제트주사는 여전히 합법적 의약품으로 분류됐다. 사용 시 부작용을 주의해야 할 뿐. 그들은 오히려 컨트롤제트 학생들에게 법적 책임을 물었다. 아무리 범죄자 이영찬과 맺었더라도 서약은 서약이었다. 우리는 무단으로 학교를 그만두려 했으니 이에 대해 법적 책임을 져야 했다.

다행히 소식을 들은 발 빠른 선배들이 그의 집무실에 들어가 모든 서약서 파일을 삭제했다. 스페셜리스트들 손아귀에 들어간 서약서는 단 한 장뿐이었다. 종이로 작성돼 미처 선배들이 확인하지 못했던 바로 나, 한여름의 서약서였다.

덕분에 난 졸지에 피해자이자 도망자 신세가 됐다. 그래서 엄마, 아빠에게 연락을 취하는 이 순간에도 옛날 대포폰을 사용해야 했다. 이편이 추적에 훨씬 안전했다. 전화기 너머에서 아빠의 목소리가 들려왔다.

"다 잘못했다. 그러니 제발 집으로 돌아오면 안 되겠니? 법적인 문제야 네가 그 동아리 활동만 그만두면, 흐흑."

오랜만의 통화에 아빠는 결국 울음을 터뜨렸다. 나는 심호흡을 한 번 했다. 말하기 어렵더라도, 오늘만큼은 부모님에게 꼭 그 이야기를 해야 했다.

결국 나는 어렵게 운을 뗐다.

"어떤 성장통은 그 크기가 너무 커서 사람에게 잊을 수 없는 상처로 남기도 한대. 그러니까 엄마, 아빠도 상담 받아 볼래? 두 사람이야말로 제대로 상담 받아 본 적 없잖아."

전화기 너머로 아빠는 당황한 듯 한동안 말이 없었다. 그때, 월급 시계를 넘겨받는 소리가 들리더니 곧 엄마의 단단한 목소리가 전해졌다.

"내일 당장 알아볼게. 그러니까 여름이 너도 잘 지내야 해."

뚝. 짧은 대포폰의 유효 시간은 그걸로 끝이 났다. 끊긴 전화기를 여전히 들고 있는 내 손을 재후 선배가 잡아 줬다. 그대로 전화기를 받아 앞에 있는 쓰레기통에 던져 넣었다. 비로소 현실감각이 돌아왔다. 전화기 주파수 때문에 나온 큰길가였고, 이제는 다시 몸을 숨겨야 하는 시간이었다.

선배가 과장되게 한쪽 손을 제 허리 위로 올렸다.

"이제 가 보실까요, 회장님?"

"고작 회원이 두 명인데 꼬박꼬박 회장, 부회장 따지는 거 웃기지 않나요, 부회장님?"

선배는 나를 보고 웃었다.

"그래서 안 할 거야? 동아리 컨트롤제트, 이제 막 학교 밖으로 나와서 가뜩이나 회원도 적은데? 당장 유일고는 폐교했지만, 언제 다시 그런 학교가 생겨나 제트주사를 남용할지 모른다고."

그의 말에 나는 품속의 선글라스를 꺼내 썼다. 그러고는 조용히 그의 벌어진 팔 사이로 내 팔을 걸어 넣었다. 저 멀리 행인 한 무리가 다가오고 있었다. 그들이 우리의 얼굴을 알아보기 전, 우리는 다시 뒷골목의 어둠 속으로 스며들었다. 꼭 생쥐처럼, 고양이처럼, 어쩌면 날쌘 스라소니나 속속들이 스미는 우도의 바닷바람처럼.

작가의 말

작년 11월 상암동의 한 스터디 카페에서 이 소설을 수정했다. 어느 날, 항상 만석이던 카페가 눈에 띌 정도로 빈 것을 발견하고 그날이 수능 당일이라는 사실을 떠올렸다. 새삼 우리나라에서 수능이 갖는 막대한 영향력을 실감한 날이었다.

하지만 비어 있던 자리는 금세 하나씩 채워졌다. 꼭 유치가 빠져나간 자리에 더 날카로운 이가 돋아나듯이. 게다가 아이들의 얼굴은 한층 더 굳어져서 들어왔다. 아니, 어쩌면 내가 생판 모르는 이들의 얼굴을 전에 본 듯 착각한 것인지도 모르겠다. 그 시공간 속 아이들은 한결같은 얼굴로 지쳐 있었으니까.

스터디 카페는 공부하는 아이들로 연일 성황이었다. 가장 손님이 적은 시간대에도 누군가는 책장을 넘기고 또 넘겼다. 공무원 시험지부터 자격증 문제집까지 다양했다. 성인이 된다고 해서 끝나는 문제가 아니었다. 남들보다 한 글자 더 아는 것이 생존의 기로를 결정하는 갑갑함 속에서 우리는 내내 수험생이었다.

고생길이 훤하지만 조금만 더 버텨 보자고, 청소년보다 나이만 많은 내가 결코 그런 말을 할 수는 없었다. 당장 나만 해도 학교 공부와는 또 결이 다른 머리를 써 가며 글을 쓰고 있으니까. 경제적 안정과 명예를 어릴 때부터 꼭 보험 들듯 보장해 놓을 수는 없다. 하지만 세상에 겁먹고 지레 내 개성을 포기하지 않아도 우리는 그런대로 잘 살아간다.

사회가 세워 놓은 줄이 곧 누군가의 가치가 되지 않기를 바란다. 청소년들이 국영수사과를 배우는 것보다 더 사소한 꿈도 꾸기를 바란다. 무엇보다 자신을 포기하고 싶을 만큼 공부가 힘들 때, 자신을 놓지 않기를 진심으로 부탁한다. 나 역시 한결같이 지친 얼굴을 해 봤기에 스스로에게도 되뇌는 말이다.

그런 이유로 내 글이 팔릴지를 묻기보다 내가 어떤 내용을 쓰는지에 관심을 가졌던 모든 이에게 감사의 마음을 전한다. 특히 윤여경 작가님에게 감사 인사를 전한다. 신인의 부족한 점보다는 가능성을 봐 준 선배 덕분에 나는 무사히 첫 책을 출간하게 되었다.

임하곤

비밀동아리 컨트롤제트

초판 1쇄 인쇄일 2023년 3월 24일
초판 1쇄 발행일 2023년 4월 7일

지은이   임하곤
펴낸이   강병철
편집   최웅기 정사라 박혜진
디자인   서은영
마케팅   유정래 한정우 전강산
제작   홍동근

펴낸곳   이지북
출판등록   1997년 11월 15일 제105-09-06199호
주소   (04047) 서울시 마포구 양화로6길 49
전화   편집부 (02)324-2347, 경영지원부 (02)325-6047
팩스   편집부 (02)324-2348, 경영지원부 (02)2648-1311
이메일   ezbook@jamobook.com

ISBN 978-89-5707-302-5 (43810)